LOS AMORES DE MARINA
Disparate local en tres actos, y en prosa,

original de
Alfonso González R. del Valle

fronda
ediciones teatrales

© Fronda ediciones teatrales
e-mail: palominomanuel@uniovi.es

Texto: Alfonso González R. del Valle
Todos los derechos de representación escénica
© herederos de Alfonso González R. del Valle, 2020
ISBN: 978-0-244-25666-1

Dramaturgia Asturiana. Textos rescatados; 15
Colección coordinada y transcripción por:
Manuel Palomino Arjona

LOS AMORES DE MARINA

Disparate local en tres actos, y en prosa,

original de
Alfonso González R. del Valle

Gijón, enero de 1930.

Esta obra fue hecha en el año 1926,
y arreglada en el 1931.

DEDICATORIA:

A José Manuel Rodríguez,
Balbina Barrera,
Eladio y Aurora Sánchez,
fieles al teatro localista,
para que sirva de homenaje,
simpatía y admiración.

PERSONAJES

Marina
Segunda
Serafina
Conrada
Manuel
Timoteo
Urbano
Bartolo
Primo
Simón
Pepinillo
Un Parroquiano

La acción en Gijón. Derecha la del actor.
Época actual.

ACTO PRIMERO

La escena representa un bar económico. Dos laterales, derecha e izquierda, primero y segundo término. Foro derecha, puerta de entrada al bar. Foro izquierda, una ventana con reja. Entre el foro derecha y el izquierda se halla colocado el mostrador, mesas, banquetas, etc.

Escena I
Marina; luego Simón y Pepinillo.

(Al levantarse el telón, Marina, hija de la dueña del bar, se halla detrás del mostrador echando una cuenta)

Marina: *(Contando por los dedos)* Una y cuatro, seis, y llevo…. y llevo una. Sí señor, sí. Llevo una de más, porque una y cuatro son cinco *(Entra por el foro derecha, Simón y Pepinillo)*

Pepinillo: Buenes. *(Marina guarda la cuenta)*

Simón: Salud, camarada.

Marina: Hola, chicos. ¿Qué vientos vos trai?

Simón: ¿Viento? Dirás un huracán.

Pepinillo: ¿Vino Don Bartolo?

Marina: Todavía no. *(Se sienta Pepinillo)*

Simón: Y tú, chatunda, ¿cuándo me vas a dar el eterno sí?

Marina: Límpiate. Ya sabes que tengo noviu.

Simón: ¿Noviu? ¡Eso no ye un noviu!

Marina: ¿Entonces qué ye?

Simón: Una máquina de dar sustos.

Marina: Ye más guapu que tú. ¡Babayu!

Simón: ¿Ba…. qué?

Pepinillo: Oye, tú, déjate de palique. ¡Al granu!

Marina: ¿Queréis algo pa beber?

Pepinillo: Una botella.

Marina: ¿De Colloto?

Simón: De cero noventa y cinco.

Marina: Entonces de Nava. *(La sirve y se dedica a limpiar el resto de las mesas)*

Pepinillo: ¡Qué cara ye esta sidra!

Marina: Pues no ganamos casi ná.

Simón: ¡N'home no! Nada más que diez y nueve perres. (No paguen a nadie.)

Pepinillo: Bueno, a lo nuestro. ¿Quién te mandó venir aquí?

Simón: Bartolo.

Pepinillo: ¿Será don Bartolo?

Simón: ¡Bartolo! En los estatutos del mi partidu no hay dones.

Pepinillo: ¡Vaya partidu!

Simón: Oye, oye, en la mi política no te metas. Vamos a lo nuestro.

Pepinillo: Vamos.

Simón: Como te dije, hoy mandóme venir aquí Bartolo. *(Pepinillo hace ademán de decir 'don', pero Simón lo ataja)* ¡Bartolo, Bartolo y Bartolo, aunque tú no quieras!

Pepinillo: Bueno, hombre, bueno. ¿Qué te dijo?

Simón: Que lu esperásemos aquí hacia esta hora, que tenía una noticia que comunicamos.

Pepinillo: ¿Qué será? ¿No te dijo más que eso?

Simón: Míralu, ahí vien. Ahora saldrás de dudes.
(Entra don Bartolo foro derecha)

Escena II
Dichos y don Bartolo.

Bartolo: Muy buenas, señores. ¿Qué cuentas, Pepinillo?

Pepinillo: Mucho bueno.

Bartolo: ¿Cuándo llegaste?

Pepinillo: Ayer tarde, en el correo.

Bartolo: ¿Y de qué punto, chico?

Pepinillo: De Aranjuez.

Marina: Pepinillo y de Aranjuez, ¡caray, qué ricu!

Bartolo: ¿Pero estabas tú ahí, chica? Perdona que no te haya visto. ¿Qué tal de novio?

Marina: Por ahora compuesta y con él…

Simón: Con el primo.

Bartolo: Eso tiene cierto retintín, Simón. ¿Te agrada Marina? *(Paseos de Primo por la acera. Mirará a veces por la ventana)*

Simón: Eso sábelo bien ella; pa que i lo voy a decir yo.

Bartolo: ¿Es verdad eso, Marina?

Marina: Yo no sé nada, don Bartolo.

Pepinillo: Lo mejor que hacemos ye ir directamente a lo nuestro.

Bartolo: Cierto. Os he citado aquí porque [es] fiesta, y por lo tanto en nuestra oficina no era apropiado el día de hoy, para comunicaros que

13

me ha telegrafiado el jefe superior diciéndome que dentro de breves momentos llegará procedente de Madrid. Asuntos de gran interés le obligan llegarse aquí hoy a las cuatro. *(Siguen hablando bajo)*

Escena III
Dichos y Segunda. Primo en la ventana.

Segunda: *(Por el primero izquierda)* ¡Pero, recondená! ¿Cuántes veces te tengo que decir que yo no soy la que cortejo, y que tú yes la que tienes que camelar al mozu?

Marina: ¿Qué mozu?

Segunda: ¡Será el míu!

Marina: ¡Bah, bah, no se ponga así!

Segunda: ¿Qué no me ponga así? ¿Cómo quies que me ponga, si fai una hora que está delante de esa ventana? ¡Ye pa aburrir a cualquiera!

Marina: Ye que estoy acabando de limpiar.

Segunda: Deja eso… que otres veces lo dejes… y asómate a la ventana.

Marina: ¿Va hacei competencia?

Segunda: ¿A quién?

Marina: ¡A Fleta!

Segunda: ¡Marina, Marina! Déjate de tonteríes, porque los mozos de ahora hay que traelos en palmites. A lo mejor hacen lo que el perru de Barberán.

14

Marina: Oiga, no insulte a esi aviador. ¡Ye gloria española!

Segunda: Como va con Collar. *(Transición)* ¡Ya estás asomándote a la ventana!

Marina: Bah, bah, ¡qué muyer ésta! *(Se va hacia la ventana)*

Segunda: No faltaba más. ¡A esta cásola yo por encima de todo! *(Mutis primero izquierda)*

Escena IV
Los mismos, menos Segunda.

Bartolo: Una vez puestos en antecedentes, creo que no será óbice deciros que a las cuatro en la estación. A ti, Simón, te recomiendo prudencia, mucha prudencia. Deja las ideas y trata a don Manuel como se merece, pues es todo un caballero.

Simón: Tratarélu; pero es que los estatutos de la Sociedad, dicen…

Pepinillo: ¡Qué te calles la boca…!

Simón: … ¡que no me da la gana!

Bartolo: ¡Qué te va a dar…!

Simón: ¿Quién, él? ¡Doi una…!

Bartolo: Digo que te va a dar la gana callar, por respeto a mi persona.

Simón: Siendo así, callaré.

Pepinillo: (¡Qué adulón! Y antes llamólu Bartolo.)

Bartolo: Y tú, Pepinillo, esta tarde le contarás las impresiones del viaje al jefe. Como la fonda que le tengo destinada es cerca de aquí, quizá nos llegaremos por ésta antes de retirarse, para tomar un 'piscolabis'.

Pepinillo: No creo que haya aquí esa porción corta que sirve de alimento, lo bastante buena pa don Manuel.

Simón: ¡Qué animal! Si un 'piscolabis' ye un pescao.

Pepinillo: En los estatutos de la Sociedad, sí. Aquí, no.

Simón: ¿No?

Bartolo: *(Cortando la conversación)* No, no lo has hecho.

Simón: ¿El qué?

Bartolo: Cierto encargo que te recomendé mucho hace dos horas.

Simón: ¡Mi madre, olvidóseme!

Pepinillo: ¡Como está pensando en los 'tutos'!

Simón: Voime, por no date una galleta… (Y por no pagar el gastu.) Hasta luego, don Bartolo. *(Mutis y pasará frente la ventana)* ¡¡Vaya noviu!! *(Mutis)*

Primo: Eso ye por mí. ¿Veslo?

Marina: Déjalu; ye que i di calabaces, y no sabe más que tirar píldores.

Primo: Será farmacéuticu. *(Hablan bajo)*

Bartolo: Creo, Pepinillo, que es hora de irse, pues, entre arreglar ciertos asuntos profesionales y prepararnos para recibir a don Manuel, no quedará mucho tiempo. No debemos descuidarnos.

Pepinillo: Estoy a sus órdenes.

Bartolo: ¿Pagasteis esto?

Pepinillo: No señor.

Bartolo: Lo pagaré yo. Y aunque no quisiera estorbar a Marina, no me queda otro remedio que batir palmas. *(Llama, y Marina hace ademán de cobrar, pero en este momento sale Segunda, que no la deja moverse del sitio)*

Segunda: Muy buenes, don Bartolo. Ya lu vi antes, pero por no molestar…

Bartolo: No es molestia, mujer, no es molestia. Tenga la bondad de cobrar.

Segunda: (Sin bondad, con dineru basta.) ¿Qué tienen?

Pepinillo: Una de Nava.

Segunda: Diez y nueve perrines.

Bartolo: Ahí… peseta para cobrar.

Segunda: Perrín que sobra.

Bartolo: Hasta luego.

Segunda: Adiós. *(Mutis de Bartolo y Pepinillo)*

Escena V
Marina, Primo y Segunda.

Segunda: Esta fía mía ye boba de remate. No se paez a mí en nada, que hice de Timoteo lo que quise. Cuando yo era moza, –esto no ye por aponderame– teníalos a pares. Todavía me acuerdo del acharu que i di a Juan el Picu. Aquello costoi un disgustu al mi hombre, pues por aquel Picu, ¡mucho hablaron! ¡Bah! Lo pasao al sacu, y a otra cosa mariposa. Voi a dejalos solos, porque el rapaz, en cuestión de palique, ye tan cortu como los pantalones que trai… Que non se atreverá a decir muches coses. *(Mutis primero izquierda)*

Escena VI
Marina y Primo.

Marina: No sé como pienses así de mí. Después quies que no me enfade. Pues que te conste que son habladuríes de males lengües.
Primo: ¿Males lengües? La pura verdá: ¡no me quies!
Marina: ¿Qué no te quiero? Más que tú a mí.
Primo: ¿Entonces por qué me das esos achares?
Marina: Figuraciones tuyes.
Primo: Sí, Marina, sí. Abultaráte felechu el estar aquí hora y media moviendo el solomillo, y tú sin aparecer. No creas que desagero, pero rebajé la acera mediu centímetru. Como que me diz mi madre que convenía que me casara. ¡Gastoi unes botes todes les semanes!
Marina: Claro, tien razón tu madre: debes casate. Así no esperarás tanto por mí.
Primo: Además, sienpre que marchamos enfadaos, tien que venir mi madre hablar contigo.
Marina: ¿Hablar?
Primo: ¡A reñir! Y a dejar les perres, porque siempre y ponéis unes condiciones que güelen a metal.

Marina: Son coses de Segunda, que nunca se ve contenta. Si al menos entrases tú en el bar, sería otra cosa.

Primo: ¿Entrar ahí? ¡N'home non, que ye muy pronto!

Marina: ¿No se casó Xuanón a los siete días?

Primo: ¿Qué Xuanón?

Marina: El de la esquina. Esi que toca la guitarra.

Primo: ¡Ah, sí! Esi fue con la prima. Pero tú y yo no tenemos ni prima ni guitarra.

Marina: ¡Ay, pues si no quies casate, aquí estás de más!

Primo: ¡Bah, bah! ¿Ya quies apretar les clavijes? ¡Vaya mandona!

Marina: ¡No quiero apretar ná! ¿Sabes? ¡O entres ahora mismo en casa, o naja! *(Pausa)*

Primo: Bueno, entraré, pero que no me riña tu madre. *(Abandona la ventana y entra Primo, que es un chico atontado. Viste ropa cortilarga y a la vista salta que lleva globitos los jueves)* Ya estoi aquí. *(Entra foro derecha)*

Marina: Bien venidu, hombre. Ahora siéntate, voi a convidate.

Primo: Gracies, chavala. (¿Qué me dará?)

Marina: Ahí tienes una copa.

Primo: ¿Vacía?

Marina: ¡Llena! Bébela.

Primo: ¿Pero con confianza?

Marina: ¡Sí!

Primo: ¿Ajumaréme?

Marina: ¡No!

Primo: *(Bebe)* ¡Qué rico sabe esto! ¿Cómo se llama?

Marina: Anís de la Asturiana.

Primo: ¡Ye colosal!

Marina: ¡Qué ye de la Asturiana, hombre!

Primo: ¡Ah! Dígote que ye colosal de bien que sabe.

Marina: ¿Nunca lo probaste?

Primo: No, nunca. ¡Qué rico! Dame otra.

Marina: Pero tienes que pagala.

Primo: ¿Pagala? ¿Cuánto val?

Marina: Dos reales.

Primo: ¿Dos reales y con república? ¡Ya será algo menos!

Marina: Entonces por ser pa ti… cero cincuenta. *(Se la sirve)*

Primo: Ten, cobra. *(Le dará una peseta)*

Marina: Gracies. ¡Ya ves si soy fina!

Primo: Demasiao; pero dame la vuelta, que te di una peseta.

Marina: ¡Ah! Ye verdá. *(Sale Segunda)*

Escena VII
Dichos y Segunda.

Segunda: *(Primero izquierda)* ¿Qué ye aquello? ¡Qué lista ye la mi fía! ¡Si no tien un pelu de boba! En eso parezse a mí. ¡Mírala qué arrogante, parez una sultana! Esti tienla bien colocá ya. La vicaría ye con él. Hola, Primín.

Primo: ¡Ah!

Segunda: No te levantes, fíu, no te levantes; estás bien, sentau. ¿Qué tal por tu casa?

Primo: Mi madre está bien; a mi ya me ve.

Segunda: (¡Preciosu: un figurín!) ¿Ya está doña Conrada resignada por la muerte de tu padre?

Primo: ¿Mi madre?

Marina: Claro.

Primo: Sí señora. Pero todavía llora bastante.

Segunda: Probe. Mira, Primín, y tú, fía, aquí estáis mal porque pueden venir parroquianos... (No caerá esa breva.) y como hay gente tan mal educada, pueden tomales con vosotros. Quiero decir en el sentidu de la malicia. Lo mejor que hacéis ye entrar aquí en la cocina, que no vos estorbará ni la gata. (Y en casu de estorbu ya la echaría yo.)

Marina: Tien razón mi madre. ¿Vamos, Primín?

Primo: *(Meloso)* Dímelo otra vez.

Marina: ¿Vamos, Primín?

Primo: Bueno, Marina. ¡Cuánto me quieren!

Marina: ¡Está listu! *(Mutis primero izquierda)*

Escena VIII

Segunda; luego Timoteo.

Segunda: ¡Ave María, Ave María! ¡Amén! Esto fue por arte de encantamientu. Yo que tachaba a Marina de boba, y resúltame más lista que una bruxa. Si tenía que ser ella la que nos sacara de estos apuros, porque si hay apuros en esti pícaru mundo, el casu nuestru ye de los mayores. Como pa caer pa atrás delante de una confitería. El bar, empeñau. Dame risa. Mira que tener un bar en el monte. Los recibos del inquilinato y de la contribución por grueses. Y gracies que yo y puse el nombre del 'Bar Alah', porque conociéndolu por Alah, veníen por aquí. *(Transición)* Bueno, ¿pero esti hombre ónde estará metíu? Todu el día de Dios pa comprar vino, y todavía no vino. ¿Habrán metídolu presu por no pagar? ¡Ay, Timoteo, Timoteo, tras de esos pellejos que mal te veo! *(Entra Timoteo, foro derecha)*

Timoteo: ¿Qué mal me ves? ¿Cuándo me pudiste ver? ¡Ni con gafes! Ponles, ponles, que buena falta te faen. ¡Tururú!

Segunda: ¿Cómo traes tantu vino? ¿Cogióte la marimanta?

Timoteo: Ye que fui a visitar a Domingo Ramos, y Domingo Ramos colocóme una toquilla. ¡Mira, mira como vengo!

Segunda: Ya te veo. ¿Por fin conseguístelo?

Timoteo: Trabayu me costó, nadie nos quier prestar nada. ¡Tururú! Yo que sí. Ellos, dicen que paguen… Yo, que no paguen… Ellos, que paguen les consecuencies por dame a mí el vino de esa manera. Así que nadie nos quier prestar nada, ni con ruegos ni súpliques. ¡Vengo avergonzau!

Segunda: Pues dentro de poco van a venir a traételo a casa.

22

Timoteo: ¡Tururú! ¡Nones!

Segunda: ¡Qué sí! Porque la tu fía…

Timoteo: ¡Pares! Pares de contar. ¿La mi fía qué?

Segunda: No te aceleres, no to aceleres. La muy picarona dióse tantu arte, que tien al mozu en la cocina ya.

Timoteo: ¡Salió a la madre! Pero eso ye muy pronto. Si no fai un mes que se cortejen.

Segunda: ¿Y el dineru no haz más de un mes que lu necesitamos? ¡Bah, bah, no ye cosa de seguir así! Dicen que entra un primo por la puerta de la villa todos los días. Hoy tocoi a esi.

Timoteo: ¡Segunda, Segunda, con el corazón no hay que jugar! No ye una pelota.

Segunda: Pero ven acá, Timoteín. Él está tocau por ella, ella está tocá por él. Asunto a nuestru favor. ¿Total?

Timoteo: Total: que esi cantar sacómelu a mi tu madre, y el cociente son riñes toos los días.

Segunda: Timoteo, no estés tan atrasau.

Timoteo: Segunda, no estés tan adelantá.

Segunda: ¡Cuentos de Calleja! Ya hablaremos cuando estés más despejau. Ahora vete a la cocina pa quitar esa nieblina que traes delante de los ojos. Son cerca de las cuatro y media.

Timoteo: ¿Las cuatro y media? ¿Por qué reló? Porque tú no lu tienes. A no ser que pongas los deos al sol.

Segunda: Fuera gaites. ¡Vete a comer!

Timoteo: Maldita la gana tengo, pero ya i mandaré a Marina que me sirva. Así, por la puerta de falsete, vigílolos un poco.

Segunda: Déjate de vigilar que pa eso estoy yo aquí.

Timoteo: ¿Tú, ahí?... ¡Tururú! *(Mutis, segundo izquierda)*

Segunda: Esto sal mejor que yo pensaba, porque tal parecía que estaba agüeyada. El agua que me pasó la Juacona va dándome buenos resultaos. *(Entran por el foro derecha Pepinillo, Simón, Manuel y Bartolo)*

Escena IX
Segunda, Pepinillo, Simón, Bartolo y Manuel.

Segunda: ¡Pronto dieron la vuelta! ¡Esti señor nunca vino por aquí! ¿Ye forasteru?

Bartolo: Es don Manuel, el dueño de la fábrica que represento yo en esta localidad. A estos ya los conoce usted. Mis dos brazos: el derecho e izquierdo.

Segunda: Tanto gusto, don Manuel, por esta sevidora y dueña del bar.

Manuel: Un gran placer siento, señora.

Segunda: ¿No quieren sentase?

Manuel: *(Sentándose)* Hagan lo propio, señores. *(Se sientan de esta forma: Simón y Bartolo a la derecha, Manuel y Pepinillo a la izquierda)*

Segunda: ¿Qué va ser?

Bartolo: Una de sidra; pero de Colloto.

24

Simón: ¿Y qué tién de piscolabis?

Segunda: ¿De qué?... ¿Quién ye esi señor? ¡No lu conozco! ¿Ye también de la fábrica?

Bartolo: Es cosa de comer.

Segunda: ¡Ah! Si ye cosa de comer, tenemos, temenos... (¿Qué tenemos?) Lo que ustedes quieran. ¿Quieren alguna cosina?

Pepinillo: Aquí don Manuel podrá decir lo qué quiere.

Manuel: Yo nada, amigos míos. Con la sidra me basta.

Bartolo: Bien, traiga la sidra.

Segunda: (Ye lo más acertao. Diba volveme lloca pa hacer pis pis). *(Sirve)*

Manuel: Bueno, Pepinillo, bueno... Con que eso que me has contado son todas tus impresiones del viaje, ¿verdad?

Pepinillo: Sí señor. Y creo que serán negociosas.

Manuel: Tendrá que ir Simón contigo. ¿Te agrada, muchacho?

Simón: Sí.

Bartolo: (¡Simón!)

Simón: Sí señor. (¡Como él ye tan demócrata!)

Segunda: (¡Probe don Bartolo, van a dejalu sin los brazos!) *(Sale Marina. Trae un delantal blanco y en los traseros manchadas dos manos negras, que se supone sean de Primo)* ¿Qué demonios quies? ¡Ya estás largando!

Marina: ¡Madre!

Segunda: ¡Padre, digo yo!

Marina: La cocina no tira. Está llena de hollín.

Segunda: ¡Límpiala!

Marina: Está haciéndolo Primo.

Segunda: A algo tenía que venir aquí. Pero que tenga cuidao con la ropa. *(Lo dice por el mandil)* ¡Ya podía lavar las manos!

Marina: ¡Bah, bah, con la muyer ésta! *(Mutis primero izquierda)*

Manuel: ¿Quién es esa chica?

Bartolo: Es la hija de la dueña.

Manuel: ¡Qué bonita es! Me la presentarás.

Bartolo: ¡Don Manuel!

Manuel: ¡Debilidades!

Bartolo: Por esas debilidades recuerde el disgusto del año pasado en Canarias.

Manuel: ¿Cuál?

Bartolo: Aquella canaria que le cantó a usted.

Manuel: ¡Casualidad! Fue la primera.

Simón: (¡Uy, qué lima! ¡Esti ye de los míos!)

Manuel: He oído decir allá en Orán, lugar de donde procedo ahora, que este año hay muy buena sidra.

Simón: ¿Hasta Orán llega la fama?

Pepinillo: Eso ye tanto como decir que quier otru culín.

Manuel: A buen entendedor...

Pepinillo: ...con echar otra vez, basta.

Bartolo: (¿Qué te parece el jefe?)

Simón: (¡Pintó copes!) *(Indica que bebe)*

Pepinillo: ¿Qué tal, don Manuel?

Manuel: ¡Muy buena, muy sustanciosa!

Bartolo: Lo que es la vida. Recién llegado yo a ésta, no era capaz de beberla. Me parecía demasiado agria.

Manuel: ¿Y ahora?

Bartolo: ¡Canela!

Simón: (¡Arroz!)

Pepinillo: ¡Cuanto siento que no la haya en Calahorra!

Simón: Allí hay pimientu. Puedes hacer la prueba con ellos, a ver si la dan. Pero lo que te apena a ti ye marchar del lao del pan de Zarracina.

Manuel: ¿Sientes la marcha, Pepinillo?

Pepinillo: ¡La tierrina…!

Manuel: Es verdad.

Bartolo: También yo recordé mucho aquel pueblín de mi vida; pero no tengo por qué quejarme de Gijón. ¡Le debo mi salud! Mi bienestar, a don Manuel. ¡Siempre me favoreció mucho!

Manuel: A mí nada me debes, todo te lo has ganado con tu honrado trabajo.

Bartolo: Muchas gracias, don Manuel. Usted siempre tan modesto. Y digo tal adjetivo, porque con el capitalito suyo, otros se pondrían por las nubes.

Segunda: (¿Será solteru?)

Bartolo: No sabéis el bien que ha hecho, ¡y que hace!, a todo necesitado, muchachos.

Segunda: (Ah, ¿sí? ¡Vaya sablazu!)

Pepinillo: ¿Quier que i eche otru culín?

Segunda: En cuestión de echar culinos soy yo un hacha. ¡Verá, verá! (A ver sí quedo mal.) *(Lo echa)*

Manuel: No sabéis lo que me satisface esta reunión. Hace breves momentos que he llegado y es para mí algo familiar ya. ¡Hace tiempo que no disfrutaba de unos minutos tan agradables! Yo, aunque jefe, me gusta a veces salirme de mi esfera.

Simón: (¡Menudu moquillo que i preparo!)

Segunda: Por eso lu invitó don Bartolo antes de ir a la fonda. Como nunca estuvo aquí, pa que conociera el ambiente nuestru.

Bartolo: Y como son tan buenos amigos…

Simón: Semos asina. *(Salen Marina y Primo, que vienen asustadísimos)*

Escena X
Dichos, Marina y Primo.

Marina: ¡Madre, madre!

Segunda: ¿Otra vez? ¿Qué, cayó la chimenea?

Marina: No.

Segunda: Entonces, ¿qué te pasa?

Marina: ¡Ay, madre!

Bartolo: ¿Qué le pasa a usted, Marina? *(Pausa)*

Segunda: Pero di, muyer, ¿qué tienes? ¿Entróte la rabia?

Marina: El gatu, que nos comió la cena.

Segunda: ¿El gatu?

Primo: O la gata, sí señora.

Segunda: ¿Y tu padre, comió?

Marina: No señora, durmióse.

Segunda: Luego decía que iba a vigilar. ¡Vaya guardia que está hechu! Haremos un pis, pis... Eso que diz Simón. Pero el casu ye que no tenéis educación ninguna. Entráis aquí, y no dais les buenes tardes a estos señores.

Marina: Ustedes perdonen. Buenes tardes.

Segunda: ¡Primo!

Manuel: (¿Qué me ha llamado?)

Bartolo: (Es el novio.)

Manuel: (¡Ah!)

Segunda: ¡Primo! Da les buenes tardes.

Primo: Buenes tardes.

Simón: (Ye bobu de remate. ¿De que quedaría así?)

Pepinillo: (¡De un barreno!)

Bartolo: *(A Marina)* Te voy a presentar a nuestro jefe. Don Manuel Noarana, la señorita Marina, hija de la dueña.

Marina: Tantu gusto.

Manuel: Igual digo.

Marina: (¡Qué guapu ye!)

Manuel: (¡Qué simpática es la chica!)

Segunda: (Esta fía mía, que bien camela. Si supiera el dineru que tien.)

Bartolo: (Al otro no se lo presento, porque no tiene importancia para usted. Es...)

Manuel: (Gracias. ¡Qué bien me conoces!)

Segunda: ¿Qué, Primín, no marches?

Simón: (¡Mi madre, ya lu echen!)

Pepinillo: (A río revueltu…)

Primo: De buena gana me quedaba. ¿No puedo quedame?

Segunda: No, ricu, tien que facer la cena.

Primo: Ye igual, puedo pelai les patates.

Segunda: Mejor marches. A lo mejor está esperándote tu madre.

Primo: No, no señora. No me espera.

Marina: (Va a enfadase mi madre. Mejor marches.)

Primo: (Ye que no sé lo que me da separame de ti. ¿Vas a quereme mucho?)

Marina: (¡Mucho!) Adiós, chachu.

Primo: Adiós, Marina. Ya sabes, ¿eh?, voy a decii eso a mi madre.

Marina: Está bien. Adiós.

Primo: ¡Qué salada ye! *(Mutis foro derecho)*

Escena XI
Dichos, menos Primo.

Segunda: ¿Marchó esi pelma?

Marina: Ya.

Segunda: Era hora. Marina, yo voy a facer la nueva cena, así que tú quedes ahí. Tantu gusto, don Manuel, y bien venidu.

Manuel: El gusto es el mío, señora.

Segunda: ¡Ay, qué finu ye! *(Mutis primero izquierda)*

Manuel: Si no es indiscreción el preguntar… ¿Ese chico es novio suyo?

Marina: Un pasatiempu nada más.

Manuel: ¿Sí?

Marina: ¡Sí! *(Hablan bajo)*

Simón: (¡Qué carina! Ye capaz decir que Timoteo no ye el padre.)

Pepinillo: (¿Y a ti que te importa?)

Simón: (Mucho, que estoy por sus entreteles)

Manuel: Una vez enterado de lo que quería, tenga la bondad de cobrar el gasto nuestro.

Bartolo: ¡Don Manuel, que lo he pedido yo!

Manuel: ¿Y qué tiene eso de particular?

Pepinillo: Que en esta tierra el que pide paga.

Manuel: Bueno es saberlo; pero permítanme que esta vez no sea así. ¿Que le debo?

Marina: No sé lo que tienen.

Manuel: Una de Colloto, bella joven.

Marina: ¿Ye galantería?

Manuel: No sé qué decirle; pero es usted, ¡muy guapa!

Marina: Del montón. Ahí tien la vuelta. ¿Vendrá más tarde por aquí?

Manuel: ¿Es por el gasto, o por verme a mí?

Marina: Eso ya lo verá.

Manuel: Siendo así, será un gran placer, el mío, llegarme hasta aquí ¿Vamos, muchachos? *(Manuel dejará olvidado el sombrero)*

Bartolo: Como guste. *(Mutis de Manuel, Bartolo, Pepinillo)*

Simón: (Si el jefe y haz a Marina una charraná, pégome con él.) *(Mutis foro)*

Escena XII
Marina, Segunda; luego Primo.

Marina: ¡Estoy que trino! ¡Vaya lío, y vaya lío!

Segunda: *(Sale)* ¿Ya se fueron, fía de mi vida?

Marina: Así parez.

Segunda: ¿Sabes lo que pienso?

Marina: Nada bueno, estoy viéndolo.

Segunda: Que esi Manuel ye el que a ti te convién. Oí decir, a esi santu de don Bartolo, que cuenta los pesos por kilos, así que, cuando venga otra vez… Pero, ¡qué veo! ¡Si dejó aquí el sombreru! ¡Ye perru vieyu, pero a mí no me la da! ¡Ni a ti tampoco! ¡Flechástelu!

Marina: ¿No se fijó en el pelo? Qué guapu lu tenía.

Segunda: Y tan guapu; pero si de ésta pica, va echalo de nuevu. *(Entra Primo)*

Primo: Buenes, buenes y buenes.

Segunda: ¡Eh!

Marina: ¡Ah! ¿Tú aquí?

Primo: Sí; y traigo el corazón como una pelota de grande. ¡Estoy más contentu! Encontré a mi madre al salir de aquí.

Segunda: ¿Sí?

Primo: ¡Sí! Pero… ¿están asustaes? ¿Asusté?

Segunda: ¡Mucho! (¡Con esa cara!) Creí que era el otru.

Marina: ¿Quién?

Segunda: ¡Yes boba! Don Manuel.

Marina: (¿Cómo echaremos a esti moscón?)

Segunda: (Con flis. Ya verás.) ¡Marina, vete a la cocina!

Marina: ¡Madre!

Segunda: ¡Vete!

Marina: Voime.

Primo: ¿Pero ya marches?

Segunda: Tien que dir a la cocina a facer borrachinos.

Marina: (¡Qué papeles tien que hacer una, Dios mío!) *(Mutis primero izquierda)*

Primo: ¿Eso que dijo ye por mí?

Segunda: ¿Cuálo?

Primo: Lo de los borrachinos.

Segunda: Seguramente. (¿Ónde habrá puesto los ojos la mi Marina? ¿Qué habrá visto aquí?)

Primo: Pues yo venía a…

Segunda: A dar la lata.

Primo: Como veo que molesto, marcho; pero ye que me dijo mi madre que iba a venir hablar con usted.

Segunda: ¿Conmigo?

Primo: Sí señora. A pedir la mano de Marina.

Segunda: (Con esto no contaba yo. ¿Qué hago? Nada, nada, tiro por don Manuel.)

Primo: ¿Entonces dai la mano?

Segunda: ¿Cuála? ¿La derecha o la izquierda?

Primo: Les dos, pues quiero casame.

Segunda: Mira, Primín, a Marina no i corre prisa el casase, con qué mejor i dices que no venga. Así ahorra tu madre el viaje.

33

Primo: Esto dábamelo a mí el corazón. Adiós. ¡Quién se fíe de las muyeres! *(Mutis)*

Escena XIII
Segunda y Marina.

Marina: *(Sale)* ¡Pero, madre! Usted, ¿qué hizo?

Segunda: Tú déjame a mí arreglar esti asuntu. ¿No ves que el que a ti te convién ye don Manuel?

Marina: ¿Y usted cree que tengo yo bazu pa soportar estos papeles?

Segunda: Tampoco la Agencia Ejecutiva puede soportar los papeles, que hay allí, de esti bar.

Marina: Pero eso puede arreglalo la madre de Primo.

Segunda: Tú, déjame a mí.

Marina: Dejala a usted, dejala a usted. *(Mira en el foro)* ¿Pa ónde habrá ido? ¡Dios Santo, quién vien allí!

Segunda: Don Manuel, ya lu estoy viendo. ¡No falla, teníaslo tragao! Si ye de ley, y además de cien quilates. Yo marcho, y tú verás cómo te las compones pa hacer a tu madre feliz. *(Mutis primero izquierda)*

Marina: Esta muyer va a meteme en un lío que, yo no sé cómo voy a salir de él. *(Entra don Manuel)*

34

Escena XIV
Marina y Manuel.

Manuel: Felices.

Marina: ¡Ah! ¡Qué susto me dio, cristianu! Pronto dio la vuelta.

Manuel: Se me olvidó el sombrero.

Marina: Ye verdá. No me había fijao.

Manuel: Y ahora que estoy aquí, aprovecharé la ocasión para tomar un vermuth y, como tapa, decirle que es usted muy guapa.

Marina: ¿Hizoi dañu la sidra, o trai guasa?

Manuel: Lo que traigo es la cabeza loca por usted y, si es que me va a creer, decirle...

Marina: Lo que todos. ¡Pare, pare el carru!

Manuel: ¿No soy creído?

Marina: Seguramente.

Manuel: Eso, en buen castellano, quiere decir que aquí estoy de más.

Marina: (Si se va ¡mátame mi madre!) Pero, como yo hablo en asturiano...

Manuel: Cobre.

Marina: (¡Dios mío, que no se vaya!) Cobrado, ahí va la vuelta.

Manuel: La vuelta la voy a dar yo por usted.

Marina: (¡Ah! Respiré) ¡Qué simpáticu! ¡A lo mejor, marease!

Manuel: (Se pone a tiro. Otra canaria.) ¿No podría hablar con usted esta noche?

Marina: Ya lo está haciendo ahora. Tome la vuelta, hombre.

Manuel: He dicho que se quede con ella, prenda.

Marina: ¡Pero, cristianu! ¿cómo quier que esta prenda no i dé la vuelta?

Manuel: Le hablo en serio. ¿Puedo, o no, hablar con usted?

Marina: (Esta ye la mía. Ya verá mi madre.) Si quier acercase a la ventana, señale hora.

Manuel: ¿A la una?

Marina: No.

Manuel: ¿A las dos?

Marina: A las tres, que ye la vencida.

Manuel: En usted siempre reina el buen humor. Adiós.

Marina: Dirá hasta luego.

Manuel: Eso es; hasta luego. (A ésta la conquisto yo.) Adiós, guapa.

Marina: Hasta luego, simpáticu. *(Mutis de don Manuel por el foro)*

Escena Última
Martina, Segunda; luego Timoteo.

Segunda: *(Desde el lateral)* ¡Oílo todo, fía de mi vida! *(Va corriendo en su dirección)* ¡Abrázame, que cayó colín! *(Cae Segunda)*

Marina: ¡Madre! ¿Ye boba? *(Sale Timoteo)*

Segunda: Parezme que sí.

Timoteo: ¿Pero ye que en esta casa no se come? ¿Qué ye aquello, qué ye aquello? ¿Qué faes ahí de rodilles?

Segunda: ¿No lo ves? ¡Pidiéndote el pan nuestro de cada día! *(Se arrodilla Timoteo)*

TELÓN

ACTO SEGUNDO

La misma decoración del acto anterior, pero con un poco de más elegancia. En el lateral derecha se leerá: comedor. *Dicho lateral es salida a calle imaginaria. Desde el primer acto y el segundo ha transcurrido un mes.*

Escena I
Timoteo, luego Segunda

Timoteo: *(Al levantarse el telón se halla en escena Timoteo. Lleva puesto un mandil de mujer y está limpiando las mesas)* ¡No hay derecho, no hay derecho y no hay derecho! Y sin embargo el tonto de mí, sigo estando derecho. ¡Hacei casu a esa muyer! ¡Hacei casu la mi fía a su madre! No val que Marina y yo nos tiremos al alto, no. No val que pateemos, no. Que demos morraes al aire, sí. Sí, val, porque, como no damos a nadie, nadie se queja. ¡Pues no val nada de eso! Segunda empéñase que Marina tien que hablar con Manuel, y con Manuel tien que ser. Yo que era el amu antes, ahora soy el estrapaju. La mi fía, que supongo yo que esté por Primo, porque está de verdá por esi rapaz, pues tien que hablar con el otru. Y el otru día, porque protesté de ello, pegóme Segunda con el yo-yo. ¡Esto no ye una muyer, ye un guardia de asalto!

¡Ya la llamen Santa Hule! *(Sale Segunda, primero izquierda)*

Segunda: Buenos días.

Timoteo: ¡Y tan buenos! ¿Pegaronsete los güeyos o entróte el mal del sueñu?

Segunda: Eso será a ti.

Timoteo: ¿A mí? ¿A mí que estoy levantau desde las cinco de la mañana?

Segunda: Mejor dices que no te acostaste, porque la cama está sin desfacer.

Timoteo: Ye que, de tanto discurrir, paso la noche al su alrededor. Pero, sin embargo, failo la tu fía, eso de levantase cuando quier, y pa ti de perles.

Segunda: ¡Timoteo, Timoteo, no empieces con Marina, no empieces con Marina! ¡La probe está cansada!

Timoteo: ¿Cansada? ¿De qué? Será de pasease, porque desde que habla con esi señor, no da golpe.

Segunda: Esi señorín llámase don Manuel Noarana, pa que te enteres.

Timoteo: ¡Ya lo estoy! Don Manuel, no hará ná, y la tu fía tampoco. Mira cómo lleva el apellidu sin casase. Además, no tien la culpa ella. ¡Tienesla tú!

Segunda: ¿Yo?

Timoteo: ¡Tú!

Segunda: ¿Yo?

Timoteo: ¡Tú, tú, y tururú!

Segunda: ¡Mira, mira, sabes que tienes buena mañana!

Timoteo: Pues non bebí ná.

Segunda: No sé qué avispa te picó, que desde fai tiempu no hay quien te aguante.

Timoteo: ¡Y con razón! Porque lo que hacéis con esi Manuel, y lo que hicisteis con Primo, a eso no hay derechu.

Segunda: ¡Pero ven acá, desagradecidu! El bar estaba pa volar…

Timoteo: Pues que vole.

Segunda: Los recibos del inquilinato y de la contribución por grueses. No te quiero decir la batalla que se iba armar. ¡Home, si faen una foguera con los papeles, iben a creer los moros que los estábamos avisando, y buena ganas teníes que hubiera moros en la costa!

Escena II
Dichos y un Parroquiano.

Parroquiano: *(Por el foro)* Quiero dos reales de vino, en esta botella.

Timoteo: ¡Sabes que madrugues!

Parroquiano: Un poco. No lo fai usted mal tampoco.

Segunda: ¿Blanco o tinto?

Parroquiano: No me dijeron ná.

Segunda: ¿Pa quién ye?

Parroquiano: Pa Enrique el del acordeón.

Segunda: ¿Cómo i lo doi, Timoteo?

Timoteo: Ye igual, ye pa un ciegu. *(Lo echa)* ¿Y tú, con quién trabayes?

Parroquiano: Con Enrique. Llevoi el acordeón.

Timoteo: ¿Y no sises?

Parroquiano: ¡Cree que soy una taranga!

Segunda: Ahí tienes.

Parroquiano: ¡Aburrrr! *(Mutis foro)*

Segunda: Pues como te iba diciendo. Oye, ¿cobrastei a esi rapaz?

Timoteo: ¡Yo no! ¿Y tú?

Segunda: Tampoco.

Timoteo: ¡Vaya frescura!

Segunda: ¿Cómo no lo hiciste, Timoteo?

Timoteo: Eso ye cosa tuya, como yes la que lleves los pantalones.

Segunda: *(En el foro)* ¡Eh, eh, rapaz, rapaz! ¡Después, el muy gandul decía que no sisaba! ¡Ahora echai un galgu!

Timoteo: ¿Un galgu? ¡Un avión! A esi ya no lu coge ni el rey de la velocidá. *(Ligera pausa)* Esto cada día me güele más a chamuscu.

Segunda: ¿A chamuscu? ¡Como de joven fuiste limpiador de chimenees, por eso será!

Timoteo: Yo voi a echame un poco.

Segunda: ¿A echate?

Timoteo: A echame, ¿pasa algo?

Segunda: No pasa, va pasar.

Timoteo: ¿Qué pasa?

Segunda: La bandera. Ya sabes que ahora, nada más la nombren, hay lío.

Timoteo: (¡Ye de asalto, no hay duda! ¡Ay, pues yo llámoilo!) ¡Santa Hule! *(Mutis rápido primero izquierda)*

Segunda: ¿Santa qué, me llamó? ¡Ay, su tía la de Cabueñes! Déjalu que salga, voi dai como pa fregar. *(Sale Marina, segundo izquierda)*

Escena III
Segunda y Marina.

Marina: ¿Con quién habla?

Segunda: Con el espíritu de tu padre.

Marina: ¡Madre!

Segunda: Cuando i eche la vista encima, ¡hágolu solomillo!

Marina: ¿Metióse a carnicera?

Segunda: Metime a... ¿Sabes cómo me llamó?

Marina: ¿Cómo?

Segunda: ¡Santa Hule! ¡Si fuese Santa Rusia!

Marina: ¿Y chocai? ¡Ya la llamen por la calle! Dicen que hasta en los santorales vienen puestos: "Segunda: ¡Santa Hule! ¡Timoteo: Martire!"

Segunda: ¡Con qué en los santorales! ¿eh? Mira, vamos hablar de otra cosa. ¿Cómo te levantaste tan pronto?

Marina: ¿Pronto? ¿Y mi padre?

Segunda: Fue ahora mismo a echase.

Marina: ¿Pero tampoco esta noche durmió en casa?

Segunda: ¡Tampoco!

Marina: Madre, no sé lo que i noto a mi padre, que no ye el mismo que era antes. ¡Está hasta triste!

Segunda: ¡Bah, bah, tonteríes tuyes! ¡Qué i va a pasar! Eso ye 'apresión'.

Marina: No lo sé; pero está triste.

Segunda: Paez que güele a quemao. (¿Será Timoteo?) ¿Dejaste algo encima del fueu?

Marina: ¡Les lentejes!

Segunda: ¡Pa mi que se están pegando! Voi a ver. *(Mutis primero izquierda)*

Escena IV
Marina y Timoteo.

Marina: ¿Que i pasará a mi padre? No me cabe duda que ye por el mi noviazgu. *(Asomando la cara)*

Timoteo: ¡Marina!

Marina: ¿Quién me llama?

Timoteo: Yo, Marina, yo.

Marina: ¿Qué quier?

Timoteo: ¿Ónde está tu madre?

Marina: En la cocina.

Timoteo: ¿Pero dentro? *(Sale)*

Marina: Sí; salga. ¿Tien miedu al yo-yo?

Timoteo: ¿Quién yo, yo? ¡Qué voi a tener!

Marina: ¿Cómo no se acostó?

Timoteo: No tengo ganes de ná. Oye, Marina, tenía gana de encontrate sola. ¿Tú quies a esi hombre?

Marina: ¿A Manuel? No lo sé, pero parezme que sí.

44

Timoteo: ¿Y entonces Primo?

Marina: También lu quiero.

Timoteo: ¡Tú yes una bígama! Y tu madre, por cosentilo, una polígama. ¡Cualquiera entiende a les muyeres!

Marina: Yo quiero a Manuel, pero ye diferente que a Primo; y quiero a Primo, pero ye diferente que a Manuel.

Timoteo: Eso ye un acertijo. ¡Uy, uy! ¿Vamos a ver? ¿Cómo quies a Primo?

Marina: Queriéndolu.

Timoteo: Convencidu. ¿Y a Manuel?

Marina: ¡Por gratitud!

Timoteo: ¡Hay gratitudes que maten!

Marina: Como se portó tan bien con nosotros... Desempeñónos el bar, arreglólu, hizo la mar de coses. Pagónos muchos pufos.

Timoteo: ¡Home, ye verdá! ¡Hizo hablar el local, a muchos ingleses! Pero, así y todo, el que algo da ye que algo quier.

Marina: Además tien una manera de hacer el redibú... *(Sale Segunda)*

Timoteo: ¿El qué? ¡Ay, mi madre, tienla fecha ciscu!

Escena V
Dichos y Segunda.

Segunda: Pues llama a los bomberos que, en esti intierru, a ti nadie te dio vela.

45

Timoteo: ¡Segunda, Segunda, va a ser la primera, la primera vez que aquí voi a mandar yo!

Segunda: Tendrás que comprar un barcu.

Timoteo: Voi a comprar un mirlu.

Marina: ¿Pa que lu quier, padre?

Timoteo: Pa que i silbe a tu madre.

Segunda: ¿A mí, a mí? ¿A comprar un mirlu pa que me silbe a mí? ¿Dónde?

Timoteo: *(Iniciando)* ¡Allá en la Habana, allá en la Habana! (Marcho, por si acasu,) *(Mutis foro)*

Segunda: Acertó a marchar, si no pegoi con les antilles en la cabeza.

Marina: No sé por qué no deja a mi padre en paz. Bastantes penes tien ya.

Segunda: ¿No sé por qué...? ¿No i pusieron el bar nuevu? ¿No nos quitaron los pufos? ¡Mira, mira, qué guapo está esto! Y dentro de poco echaremos automóvil, porque tenemos que echalu... Basta que se me meta a mí en la mollera. Mucho me voi a reír, sobre todo cuando i mande al chófer que se meta por los baches pa chiscar a les amigues. Y el día que vea a Pepa la Vizcondesa, ¡ay!, esi día tapoi el otru güeyu. ¡Cómo que va a creer que ye de noche! ¡Bien va a rabiar la madre de Primo! *(Entra Conrada)*

Escena VI
Dichos y Conrada.

Conrada: Buenos días. ¿Por qué voi a rabiar yo?

Segunda: ¡Puede picala una víbora!

Marina: (¡Dios me valga, mi ex suegra!)

Segunda: Y a todo esto, ¿qué quier?

Conrada: Vengo hablar con la su fía.

Segunda: La mi Marina está tan ocupada, que trasladóme a mí el poder.

Conrada: ¿Tan ocupada? No lo veo, porque está ahí en medio como plasmada. ¿Entróte el plasmu, neña, o quies un ruxideru?

Segunda: Oiga, oiga, poco a poco, y menos insultar, señora Conrada, alías Pepa la Vizcondesa.

Conrada: Yo no insulto, pero, aunque lo hiciera, más se ensañaron ustedes dos con el mi Primín.

Segunda: ¡Ya salió aquello!

Conrada: ¿Por qué no iba a salir, si nada más que vengo a ello?

Segunda: Pues usted dirá.

Marina: Lo mismo digo.

Conrada: Vas afogate con tanto hablar.

Marina: ¡Al granu!

Conrada: Aquí nadie ye pitu.

Segunda: ¿Quier acabar?

Conrada: Allá va. El mi Primín regaloi a la su fía un vestidu, unos zapatos, unes medies, dos reales de cacagüeses…

Segunda: ¡Y un helao! ¿Qué pasa?

Conrada: ¡Y un helao, sí señora! Y como ye de ley, que cuando se enfaden los mozos, el devolvelo, vengo por ello. Conste también, que no reclamo ni el dineru, ni los intereses del dinero, que me chuparon. ¡Vampires!

Segunda: (¡Esta sal de aquí pa la Propicia!) Estes coses debe pediles el su rapaz. ¿Cómo no vino él?

Conrada: Porque, francamente, no se atreve.

Marina: Pues aquí no se come a nadie.

Segunda: Esi fíu de usted, de buenu que ye, parez un paxarín.

Conrada: Claro que lo ye. ¡Pero como va atrevese a venir aquí un paxarín, habiendo dos espantapáxaros!

Marina: Menos insultar.

Segunda: Eso no ye de persones decentes, señora Conrada.

Conrada: Soy muy honrada, señora.

Segunda: ¡Caray, con-rada es usted!

Conrada: Ya lo llevo en la gracia.

Marina: Lo que lleva usted, mucha desvergüenza… ¡La tía ésta!

Conrada: Tía, no, ¡madre! Eso seráslu tú, ¡cencerru!

Segunda: ¿Qué te llamó? ¡Guardias, guardias!

Marina: ¡Ay, Dios mío! *(Riñen. Entra Urbano, que trae un paquete, y es un guardia de circulación, más gorrón que Laverdure)*

Escena VII
Dichos y Urbano.

Urbano: *(Por el foro)* ¡Oooííísss! ¿Qué pasa ahí, y qué voces son eses?

Segunda: Ésta, que vien a casa de uno a insultar.

Conrada: ¿A insultar? ¡Habrá cara dura! Lo de insultar fueron elles.

Marina: Fue usted, que vien a pedir una cosa, y, en vez de pedilo a persones, paez que lo pide a…

Urbano: ¡Oooííísss, bueno, basta! Que pa líos, éstos que yo traigo.

Conrada: Yo quiero que sepa la verdá. Marina fue novia del mi fíu y…

Segunda y Marina: ¡Ejem, ejem!

Conrada: ¿Entróvos la tosferina?

Urbano: ¡Oooííísss! De eso que me va a contar, no quiero saber ná.

Conrada: ¿A qué hora se acuesta?

Urbano: Tengo el despertador parau, pero parezme que a las ocho, y por lo tanto, usted a su casa, y ustedes a lo que tengan que hacer.

Conrada: ¡Pero Urbano!

Urbano: ¡Pero porra, digo yo!

Conrada: ¡Ay!, pues yo no marcho sin el vestidu, sin los zapatos, sin los cacagüeses, sin…

Segunda: Sin… sustancia. Pero yo a ésta pegoi.

Urbano: Todo eso a pedilo onde lo haiga.

Conrada: ¿Haiga?

Urbano: ¡Haiga y haiga… y vaiga usted de aquí!

49

Conrada: ¡Ya daré parte al señor alcalde! *(Mutis foro de Conrada)*

Urbano: ¡Si da parte, me parte!

Marina: No lo hará; no se atreve.

Segunda: De buena nos salvó el señor Urbano.

Urbano: ¡Bah, no merez la pena ni nombralo!

Segunda: ¿Ónde dejaste el cestu, Marina?

Marina: Detrás del mostrador. ¿Por qué?

Segunda: Porque voi pa la plaza y, mientres esté yo por allá, sirves a los pocos pelmas que caigan por aquí. *(Recoge el paquete de Urbano)* Esto será la ropa pa lavar, ¿verdá? *(Lo pone encima de una silla)*

Urbano: Adiós, que voy a llegar tarde. Estes muyeres que madrugen tanto, acapárenlo todo. *(Sale Segunda, cantando)* ¡Ay, mamá Inés; ay, mamá Inés, etc…! *(Mutis foro)*

Escena VIII
Marina y Urbano.

Urbano: Mira qué contenta está tu madre.

Marina: Cuando no está mi padre aquí, sí. Usté, querrá café, ¿verdá?

Urbano: Dirás una achicoria disfrazada.

Marina: Vamos a déjalo, ye un rico moca. *(Lo sirve)* Ahí tien, Urrrrbano. ¿Doi una copa?

Urbano: ¿Metíste a futbolista?

Marina: Ya sabe lo que i digo. *(Lo sirve)* Ahí tién, Urrrrbano.

Urbano: ¡Oooiiiss! ¿Ye coñá?

Marina: Ye caña.

Urbano: Dígote que si ye coña lo del Urrrbano, como recalques tanto el nombre.

Marina: Ye que me choca.

Urbano: ¿Por qué?

Marina: Porque ye muy feu. ¿Cómo i pusieron esi nombre?

Urbano: ¿Ye que no sabes que era mi misión de pequeñín ser guardia? ¿A qué no viste un guardia que no fuese urbano?

Marina: No entiendo de eses coses. *(Pausa)*

Urbano: Oooííísss, Marina.

Marina: ¿Qué quier, otru café?

Urbano: Si me lu eshes con copa. Pero no ye eso. Ye que me pasa cada cosa.

Marina: ¿Entonces? Cuando yo digo que no está hoy pa ello, porque otres veces ríome mucho por oílu. ¡Tien cada cosa!

Urbano: Pues hoy quitáronseme les ganes de comer, de cenar y de dormir.

Marina: ¿Pero usted duerme?

Urbano: Más que un camaleón; pero ni comí, ni cené, ni dormí.

Marina: Ni tomó café y copa.

Urbano: ¿Ye píldora?

Marina: ¡N'home no! Pero cuente, cuente lo que i pasa.

Urbano: *(Pausa y suspira)* Marina, tú ya sabes que la fía de Rosendón el Panaderu ye el mi adminículu…

51

Marina: ¿Qué ye eso? ¡Ah! La su moza, ¿verdá?

Urbano: Claro, muyer, claro. Dígote adminículu, porque ye la que me da la pasta.

Marina: Siendo fía de un panadero no ye chocante.

Urbano: Ya sabes que la misión de los guardias ye estar doblando esquines todu el día...

Marina: ¿Lo único que hacen ye eso?

Urbano: Pues, al doblar una por millonésima vez, tropiezo...

Marina: *(Rápido)* ¡Cayó!

Urbano: ¿Quiés dejame terminar? *(Se levanta)*

Marina: Por mi acabe.

Urbano: ¿Ónde estaba?

Marina: En el tropezón.

Urbano: *(Se sienta rápido)* Ahora caigo. Tropiezo con la mi moza, después del saludu reglamentariu, doi el parte y ella dame la novedá que el padre, ni a tirones, quier que hable conmigo. Haciendo usu del refrán del Obispu, apaez el padre, y tópanos con les manes en la masa. ¡Cataplum! Dai a la fía una galleta, desmáyase ella en mis brazos, y el autor de sus días diciendo: "¡Serena, serena!" Y yo a unísono, contestabai: "Serena, no; ¡guardia, guardia!" *(Pausa)* ¡Vaya minutos!

Marina: ¿Y la cosa en qué quedó?

Urbano: Que se presentó el cabu y, aquí teníemos a un guardia con una esposa en brazoos, sin poder movese. Y, pal colmo de las desgracies, tú ya sabes que tengo un camión, y que me dedico a ciertes hores al transporte con él...

¡Pues también me sal mal, y voy a tener que vendelu!

Marina: Pero, ¿quién i va a comprar un auto en estos tiempos? ¡Todos los días traen los periódicos que se venden a pares! ¡Y mejor que el suyu!

Urbano: Vamos a dejalo.

Marina: Entonces, ¿cómo ye el suyu?

Urbano: Un buen coche. ¡Un As!

Marina: Pero, ¿tan malu está el negociu del transporte?

Urbano: ¡Malísimu, Marina, malísimu! Figúrate que arrastro de As, y no me acuden. *(En la calle suena un ruido, y se oye la algarada de una disputa)*

Marina: ¿Qué fue eso, una bomba?

Urbano: Será de Berlín, porque sonó bien poco.

Marina: ¿Qué pasará? *(Va al foro)* ¡Urbano, Urbano!

Urbano: ¿Qué... es? ¿Qué... pasa?

Marina: *(Con medio mutis)* ¡Urbano, un lío!

Urbano: ¿Un lío? (¿Será de ropa?)

Marina: ¡Urbano, que lu cogen, venga, venga!

Urbano: ¿Qué lu cogen? (¿Será el dueñu?)

Marina: ¡Urbano, que lu peguen!

Urbano: ¿Qué lu peguen? (¿Serán carteles?)

Marina: ¡Qué lu fríen!

Urbano: ¡Mi madre, son chuletes!

Marina: *(Entra resuelta)* ¡Pero, hombre de Dios! ¿Cómo consiente estar ahí con su santa cachaza, cuando en la calle necesiten sus auxilios?

Urbano: ¿Qué... qué pasa?

Marina: Qué se están pegando.

53

Urbano: ¿Los carteles?

Marina: ¡Unos hombres! ¡Y vaya palos que traen!

Urbano: ¿Palos? ¿Grandes?

Marina: Como teléfonos.

Urbano: Muyer, habémelo dicho antes. *(Mirada a la calle, pero no se atreve a salir. Marina le empuja)* ¡Eh, niña, menos guasa!

Marina: Salga usted.

Urbano: ¿Yo? Yo, que vine aquí por culpa de Rosendón.

Marina: No voy a salir yo. Tien que ser usted.

Urbano: ¡Ni con la moza, salgo!

Marina: ¡Su padre!

Urbano: ¡Ay! *(Se mete detrás del mostrador)*

Marina: Salga usted, que lu vea.

Urbano: ¿Rosendón?

Marina: No hombre, no.

Urbano: Pero, ¿está él ahí?

Marina: No está nadie. *(Sale con el cajón del dinero)* ¿Qué ye aquello? ¡Si ye el cajón de les perres!

Urbano: ¿De les perres? Per... dona, creí que era un revólver.

Marina: Pero, ¿cómo no sal a la calle?

Urbano: No, fía; yo no me meto en esos belenes. Además, considera que puse el uniforme por equivocación.

Marina: Entonces, ¿pa que se vistió de guardia?

Urbano: ¡Pa retratame! ¿No ves que traigo el tolete guardau? *(Han cesado las voces)*

Marina: Parez mentira de usted, Urbano, yo creíalu más valiente.

Urbano: ¡Ye que no estoy de turnu, muyer, no estoy de turnu! Oye, ¿parez que marcharon?

Marina: Voy a ver. *(Va al foro)* No se ve a nadie; está sola la calle.

Urbano: *(Envalentonándose)* Bueno, si yo llego a salir, ríete tú de los del hule.

Marina: Como que olieron la goma, por eso marcharon.

Urbano: *(Pausa)* ¿En que pienses?

Marina: En les coses que nos pasen a usted y a mí.

Urbano: Qué lo digas. Peripecies y piruetes, les que tengo yo que hacer. Nada menos que el padre de la mi moza dijo que iba a quejase.

Marina: Estará malu.

Urbano: ¡Oooíííísss, de aguantar!

Escena IX
Dichos y Serafina.

Serafina: *(Por el foro)* Santos y felices.

Urbano: ¡Mi madre, llegó la Picachera!

Marina: ¡Tú! ¿Cuando llegaste?

Serafina: Ayer tarde.

Marina: Ya sé que la corriste mucho.

Serafina: ¿Recibiste les mis cartes? Siempre te escribía.

Marina: Recibí ocho. ¿De ónde vienes ahora?

Serafina: De Toledo.

Marina: ¡Qué gorda y qué fuerte vienes!

Urbano: Pulimentáronla por allá.

Serafina: ¿Y usted, qué cuenta, Urbanófilo?

Urbano: Muches coses. Que te diga esa.

Marina: Está del tó desconsolau.

Serafina: ¿Por qué?

Marina: Coses de amores.

Serafina: ¿De amores? Entonces, ¿la aproximación tuya...?

Marina: ¿Mía? (Te veo venir.)

Urbano: (Esta lagartona vien a saber. A mí no me coge con les uñes tras de la puerta.) Yo marcho, no quiero interrumpiros, tendréis mucho que hablar. Si conoceré yo el flacu vuestru. Adiós. (Esta ye pantalonera. ¡La de trajes que cortará!) *(Mutis foro)*

Escena X
Marina y Serafina.

Serafina: ¿Y tú qué me cuentes, Marina?

Marina: Que te envidio, Serafina. ¡Estoy más aburrida!

Serafina: Los amores... estoy enterada de tó. Hasta lo de Manuel.

Marina: Atrasá estás. (Esta vien a saber.) ¿Quién te contó tanta mentira?

Serafina: ¿Mentira? Pues asegurómelo Ramona el Loro.

Marina: Cualquiera haz casu de ésa. También de ella dicen...

Serafina: Oye tú, ¿qué dicen?

Marina: Milagru pa ti, muyer, que no lo sabes. Por algo te llamen el diccionariu.

Serafina: ¡Marina!

Marina: Si no me tirases de la lengua.

Serafina: ¿Cómo ye el mozu de ahora?

Marina: ¡Más guapu que Petronio!

Serafina: ¿Quién ye Petronio?

Marina: El más guapo de Roma en los tiempos de Nerone.

Serafina: ¡Ah, époques de tu madre!

Marina: (¡Qué burra! ¡Qué poca geografía sabe!)

Serafina: ¿De modo que el mozu de ahora llámase Manuel, verdá?

Marina: (¡Y dale con el saber!) Sí, muyer; ¡Don Manuel Noarana!

Serafina: ¿De Jauja, verdá?

Marina: ¿Por qué?

Serafina: Por los billetes que reparte.

Marina: Habladuríes y envidies… ¡Como todos no chupen del bote! (¡Toma esa!)

Serafina: Y Primín, ¿que fue de él?

Marina: Antes bien lu llamabes Primón.

Serafina: Era por tomai el pelo.

Marina: Ahora ye por tomámelo a mí.

Serafina: No sé cómo pienses de esa manera.

Marina: Como no voy a pensar, si no haces más que pinchar a uno. Desde que llegaste no paraste con el mismu cantar. ¿A qué vienes?

Serafina: A decite que, cuando llegué ayer a ésta, ya suponía que te hubieses enfadao con Primo.

Marina: ¿Quies echame les cartes?

Serafina: ¿A quién escribiste?

Marina: ¡Como yes adivinadora...!

Serafina: Explicaréme. Tú ya sabes que, pa ir a mi casa desde la estación, hay que pasar por frente casa Primo.

Marina: También, pa ir a Roma, tienes que ir por Rusia.

Serafina: *(Suspirando)* ¿Rusia? ¡Qué grande eres! Allí está Lenín.

Marina: ¡Y aquí estoy yo! ¿Qué pasa?

Serafina: Nada, que ya te veo. ¿Como te da ahora por eso? ¡Asustasteme!

Marina: Y a ti, ¿cómo te da por eso otro?

Serafina: Ye que me gusta Simón, y como tien eses idees, tengo que seguii la corriente pa enganchalu. Ya me afilié al partidu.

Marina: Pero Simón no está aquí.

Serafina: ¿No está equí? ¿Ónde está?

Marina: En Calahorra.

Serafina: ¡Baja segura pa los rojos!

Marina: ¿Nada más que por eso?

Serafina: Nada más. (Habrá que pensar en Primo.)

Marina: (¡Qué cara más dura!)

Serafina: Entonces, ¿cómo fue el enfadu de Primo?

Marina: No congeniabamos y, pa estar riñendo, lo mejor fue dejalo.

Serafina: Por ahí dicen que fue cosa de tu madre, y que tu padre riñe con tu madre, porque tu madre no haz casu de tu padre, y tu padre diz a tu madre...

Marina: La solución en el número siguiente. ¡Sí que estás enterada!

Serafina: Como me lo contaron, te lo cuento.

Marina: Pa eso ya podías haber quedao por allá. Esos cuentos bastóme yo sola pa sabelos.

Serafina: No te pongas así, vine a vete, y no a contate eso, que nada me importa.

Marina: Pero soltastelo y, sin embargo, sabes que del asuntu aquel del indianu, que tu padre y dió el timo por el procedimiento de les mises, nunca digo nada. ¡Hasta te llamen 'Mis Misa'! ¡Paez un capicúa!

Serafina: Hablaremos de otra cosa... Tengo mucho que contate.

Marina: Empieza cuando quieras.

Serafina: Ahora no, tengo mucha prisa. ¿Sales de tarde?

Marina: Sí.

Serafina: ¿Quiés que venga a buscate?

Marina: Como gustes.

Serafina: ¿A qué hora vengo?

Marina: La mejor hora ye a las cinco. Quedó Manuel en venir a buscame, y así presentarételu.

Serafina: Entonces, hasta luego, que tengo mucha prisa. Sólo vine a saludate.

Marina: Adiós.

Serafina: (No me cabe duda que Marina ye buena. La mala aquí ye la madre.) *(Mutis foro)*

Escena XI

Marina; luego Manuel y Bartolo.

Marina: ¡Habrá cara dura! ¿Que sólo vino a saludame? ¡Qué una tenga que aguantar esto! Cada día aprende una más. ¡Qué amigues, Dios mío, qué amigues! *(Mutis primero izquierda)*

Bartolo: Perdone que se lo diga, pero hace usted muy mal en seguir hablando con esa chica.

Manuel: Si es sólo por pasar el tiempo, y que se me haga la estancia en ésta más agradable, hasta mi regreso a Orán.

Bartolo: Malo es jugar con fuego, don Manuel. A la corta o a la larga, ha de llegar a quemarse.

Manuel: No temas, ya no soy un chiquillo. Sé lo que hago.

Bartolo: Y ellos mucho más, don Manuel. Desde hace tiempo, es poco el dinero de su cuenta corriente para invertirlo en este bar, que a usted no le interesa ni le debió interesar jamás.

Manuel: Bien conoces mi corazón; lo bueno que es. Me produce enternecimiento, pena, ¡mucha pena!, los males de otro. ¡Qué voy hacer, si mi signo está representado de ese modo!

Bartolo: Pero, ¿por qué se creó ese conjunto de circunstancias? ¿Qué necesidad tenía de alejar a esa chica del novio que quería?

Manuel: ¿Es que a mí no me quiere?

Bartolo: No lo dudo; pero es querer distinto. Es desear algo, apetecer alguna cosa, basada en una voluntad que está por encima de ella, don Manuel.

Manuel: ¿Quién es esa voluntad?

Bartolo: Su madre.

Manuel: Filosofía barata, Bartolo.

Bartolo: Verdad, mucha verdad; y vuelvo a recordarle lo de la canaria. También me aseguró que la quería, que estaba por sus güesos.

Manuel: Y no mentí; por mi costilla de platino.

Bartolo: Dichoso usted, que en los trances amargos puede aún sonreír. Pero sólo me queda el hacerle la siguiente objeción; que hay quien manda sobre usted, y no tiene derecho andar en esos trapicheos.

Manuel: ¿Eso es todo?

Bartolo: ¡Todo! Ahora, usted verá. Adiós.

Manuel: ¿No quieres tomar algo?

Bartolo: No, muchas gracias. Ya es hora que esté en la oficina.

Manuel: Puedes ir más tarde.

Bartolo: ¿Me aconseja eso? Entonces, ¿qué conducta deben seguir sus subordinados, si al dueño no le importa una hora u otra? ¡El despilfarro, don Manuel! ¡Era lo que faltaba! Hasta luego. (¡Está loco, loco perdido!) *(Mutis foro)*

Escena XII

Manuel; luego Segunda, más tarde Marina.

Manuel: Bartolo me reprocha, y no sabe que amo a esta chica con toda el alma. ¡Pero existen tantas dificultades, que no sé a qué carta quedarme! Tengo que exorcizar este espíritu maligno, para abandonar esta idea que se ha metido en mi cerebro. ¡Abandonarla! ¿Abandonar a Marina? No, no puedo. Descuidaré, desantenderé mis propios asuntos, para rendirme ante las adversidades de los ajenos. ¡Pero pesa tanto sobre mí el deber! Bien dice Bartolo: "No tiene usted derecho andar en esos trapicheos." Y es cierto, ¡no tengo derecho! *(Entra Segunda por el foro, viene de la plaza y trae el cesto lleno)*

Segunda: ¡Hola, don Manuel! ¿Está solu?

Manuel: Con mi tristeza.

Segunda: ¿Su tristeza? ¿Qué i pasa?

Manuel: No me encuentro bien.

Segunda: ¿Quier que llame a Marina?

Manuel: Me es igual.

Segunda: ¿Está malu?

Manuel: Contrariedades del negocio.

Segunda: ¡Mal diañu pa él! Yo tengo esti, y sácame canes.

Manuel: (¡Y a mí!)

Segunda: ¡Menos mal que quito les canes con colonia Caramelu! Pero voy a llamar a la mi fía, que, cuando esté aquí, verá qué contentu se pon. ¡Marina, Marina! ¿Ónde estará esta rapaza? ¡Marina! *(Sale Marina)*

Marina: ¿Qué quier? Con esta muyer no gana una pa sustos.

Segunda: Manuel diz que está malu.

Marina: ¡Ah! ¿Pero estabes tú ahí?

Segunda: Yo dejovos; voy a dejar esti cestu, que pesa como un condenau. Que no sea nada, don Manolín, y déjese de pensar tanto [en] el dichosu negociu. Total, ¿pa qué lo quier? Va a venir el repartu. (Y con lo que me toque a mí, compro el banco España.) *(Mutis primero izquierda)*

Escena XIII
Marina y Manuel.

Marina: *(Pausa)* ¿Qué tienes, ye verdá que estás malu?

Manuel: Me duele la cabeza.

Marina: Tengo aquí aspirina, ¿quies una?

Manuel: ¡No!

Marina: ¡Manuel, tú ya no me quies!

Manuel: ¿Lo dudas? ¿Por qué?

Marina: Porque no quies tragar la pastilla.

Manuel: ¡Estoy ya harto de medicamentos, mujer!

Marina: Pues toma un chato.

Manuel: ¡Quiero una chata!

Marina: ¡Ay, pues yo tengo mucha nariz! ¡Tú quies a otra, Manuel, a otra! ¿Verdá? *(Pausa)* ¿Por qué no me contestes? ¿Qué tienes, hombre?

Manuel: ¡Nada!

Marina: ¡Qué cambiau estás hoy!

Manuel: Como ayer.

Marina: Como ayer, no. Ayer estuviste jugando al parchís. Oye…

Manuel: ¡Déjame!

Marina: ¿Por qué marches?

Manuel: Tengo qué hacer. Adiós. (¡Y es que la quiero, la quiero!) *(Mutis foro)*

Marina: ¡Ay, Dios mío! *(Se sienta y rompe a llorar. Entra Timoteo, trae una jaula tapada con un periódico)*

Escena XIV
Marina, Timoteo; luego Segunda.

Timoteo: *(Con medio mutis)* ¡Ahí va, ahí va, ahí va Napoleón Bonaparte! Salió de aquí. Y ahora entro yo con esta jaula, que i compré a la mi costilla. Dentro quería traei un mirlu, pero como no los había, traigoi un cardenal. Díjome Pachu el Pajareru que cantaba muy bien esti cardenal, sobre tó en les cases cavernícoles. Ya lu bauticé. Llámolu el cardenal Soldevilla. *(Entra)* ¡Madre, fía! ¿No contestes? Mírame a la cara. ¿Llores? ¿Qué ye esto? ¡La mi fía llorando! Por culpa de Manuel, ¿verdá? ¿Ónde está tu madre?

Marina: Ahí dentro. ¿Pa que la quier?

Timoteo: Ahora lo verás. ¡Segunda! *(Sale)*

Segunda: ¿Qué tripa se te rompió?

Timoteo: ¡La pófisis!

Marina: ¡Padre!

Segunda: Déjalu. ¡Vaya chuletes que va a llevar!

Timoteo: ¿Yo? ¡Ten cuidao no monte una fábrica de galletes en los tus carrillos!

Segunda: ¿En los mis qué...?

Timoteo: En los tus papos.

Marina: ¡Padre!

Segunda: (¡Esti hombre cambiaronmelu, no ye el mismu!) Timoteo, no te pongas así. ¿Tú dirás?

Timoteo: Desde hoy canta esti cura en esta casa.

Segunda: ¿Esi cura? ¡Ye poco!

Timoteo: ¿Poco? ¿Poco, esti cura? *(Levanta la jaula)* ¡Pues aquí tienes un cardenal! ¡Esti sí que canta!

TELÓN

ACTO TERCERO

La misma escena. Al levantarse el telón, están en escena Pepinillo y Simón. Ambos juegan al mus mutuamente. Sentado, muy comodamete en una silla del bar, está Timoteo, que tiene los pies apoyados sobre otra silla. Fuma un puru. Es de tarde. Han pasado varios días.

Escena I
Simón, Pepinillo, Timoteo; luego Segunda.

Simón: Ahora doi yo.

Pepinillo: ¿Tú? ¡Tócame a mí!

Simón: ¡Vamos dejalo!

Pepinillo: ¿A que me toca a mí?

Timoteo: ¿No podéis hablar más bajo? ¡Vaya cuarteto!

Simón: ¿Cuarteto? ¡Si somos dos!

Timoteo: Dos que tú dices, y otros dos que son los que alboroten, cuatro.

Simón: No se puede con él. (¡Hasta Segunda está achará!)

Pepinillo: Pa evitar discusiones doi yo.

Timoteo: ¿No queréis tomar ná?

Simón: Tomaremos un porrón.

Pepinillo: ¡Con sifón!

Timoteo: Hasta lo pedís en verso. ¡Marina! *(Sale Segunda primero izquierda)*

Segunda: ¿Qué quies?

67

Timoteo: ¡Qué quies! ¿Cómo se diz!

Segunda: ¿Qué desees?

Timoteo: Eso ye otra cosa. Primeramente... ¿Yes transformista?

Segunda: ¿Por qué?

Timoteo: Como llamo a la tu fía y sales tú.

Segunda: Ye igual. ¿Qué desees?

Timoteo: Yo, nada. Estos quieren un porrón con sifón. ¡Ah...! Y que me ates esti zapatu.

Segunda: ¿El zapatu? ¡Ya van ocho veces con ésta! *(Se lo ata)* ¿No puedes atalu tú?

Timoteo: Estoy muy ocupau. Anda, sirve a estos rapazos.

Simón: (¡Cómo la domina!)

Segunda: *(Sirviéndoles)* Con esti son tres porrones y cuatro botelles les que debéis.

Pepinillo: Todavía no cobramos.

Simón: Ahora paga muy mal Manuel, y sin embargo pa juergues no falta.

Pepinillo: No sabe más que ir a Somió a merendar.

Segunda: ¿A merendar? ¿Y qué come?

Simón: Lo que más i gusta ye el patu.

Segunda: ¿Y quién paga? ¿Don Bartolo?

Timoteo: ¿El patu? ¡Ellos, que no cobren! ¿No lo estás oyendo?

Pepinillo: ¡Salió mucho camelo, don Manuel!

Timoteo: Ahora nunca tien suelto. *(Transición)* Y tú, ¿no tienes ná qué hacer?

Segunda: Aguantate a ti. ¿Parezte poco?

Timoteo: ¡Segunda, Segunda, no levantes la voz, no levantes la voz! Ya sabes que to dije... Que si quies estar en el orfeón, tienes que estar de bajo. No hagas de tenor.

Segunda: Entonces, ¿en qué tono me pones a mí?

Timoteo: En el do menor. ¡Ya estás largando!

Segunda: ¡Si me valiera del geniu! *(Mutis primero izquierda. Timoteo sigue leyendo, y Simón y Pepinillo siguen jugando)*

Pepinillo: ¿Doi?

Simón: ¡Das! *(Se dan las cartas)*

Pepinillo: Venga, de ahí.

Simón: Arrastro.

Pepinillo: Asisto.

Simón: Ahí va esa.

Pepinillo: ¿Quién ye, tú?

Simón: Dígote que ahí va esa carta, y veinte en espadas.

Pepinillo: ¿A ver el rey?

Simón: No te lu puedo enseñar. Está en Francia.

Pepinillo: ¿Ya empieces? ¿No escarmentaste? En Calahorra, después de llevales, metieronte presu.

Simón: Pero, ¿tú tienes idea, de lo que ye la idea?

Pepinillo: Claro. La idea ye llevales, ir presu, hacer güelgues. ¡Tó eso! Y los enchufes, ¡eso sí que son les verdaderes idees!

Simón: ¡Tú votaste les dereches!

Pepinillo: Y tú por les torcíes. ¡Babayu!

Simón: Eso no me lo dices en la calle.

Timoteo: ¿Pero ye que no me vais a dejar leer?

Simón: ¡Ye esti!

Pepinillo: ¡Yes tú!

Timoteo: ¡Ye el cuarteto! ¡Bah, bah, con al cachu sinfónica esti! Entre vosotros y la mi muyer no dejáis a uno estruirse. Voi a leer al comedor. ¡Alfabetos! *(Mutis por la derecha)*

Simón: ¿Qué nos llamó?

Pepinillo: Cualquiera lo sabe.

Simón: ¿Jugamos estes cartes que faltan?

Pepinillo: Échales. *(Hacen las jugadas)*

Simón: Parezme que gané.

Pepinillo: Cuenta primero, después hables.

Simón: *(Después de contar)* Ganaste por la mano.

Pepinillo: ¿Gané? ¡Quince! *(Entra Serafina)*

Escena II
Dichos y Serafina.

Simón: ¡La niña bonita!

Serafina: ¿Ye por mí? Muches gracies.

Simón: ¿Por ti? Vas facete caramelu.

Serafina: Era demasiao galantería.

Pepinillo: La galantería ye una feria de presunción.

Serafina: ¡Plagio!

Simón: ¿De quién?

Serafina: ¡Del 'Duende'!

Pepinillo: Vienes enfadá, ¿eh?

Simón: Como nadie i diz ná. Cualquiera se fija en elles… Son tó un aparato mecánicu; marcha p'atrás, marcha p'alante.

Pepinillo: ¿No ves lo que i pasa a don Manuel, tó por culpa vuestra?

Serafina: ¿Por culpa mía?

Simón: No te hagas la ignorante; ya sabes lo que quier decir.

Serafina: Así lo pagáis. ¡Probina! Enamoróse de esi hombre, y ahora no sabe más que despreciala.

Simón: Nubes de verano; despúes de la tempestá vien la calma.

Serafina: Pero lo que ella sufre, no hay quien i lo quite.

Pepinillo: Estuvoi bien empleao. Tou el mundo sabe que lu quiso por les perres.

Serafina: Y vosotros, mucha coba al jefe, pero se conoz que, ahora no suelta prenda, no lu podéis ver.

Simón: Yo soy muy sanu en idees.

Serafina: Como que les desinfestes toos los días.

Pepinillo: ¡Chúpate esa!

Simón: ¡Qué muyeres, siempre quieren tener razón! ¡No las puedo ver ni pintaes!

Serafina: Pues vas toos los días al cine a ver a Manola el Resbalón.

Simón: Ye por ver si cai.

Pepinillo: ¡Simón! Yo no aguanto más a ésta.

Serafina: ¡Mira el otru!

Pepinillo: ¿Vienes o quedas?

Simón: Voi.

Serafina: ¿Parastéis esto?

Pepinillo: ¿Impórtate?

Serafina: Podéis apuntailo a la cuenta de Manuel.

Simón: ¡Pepinillo! ¡Una, dos y tres!

Pepinillo y Simón: ¡Miss Misa! *(Mutis rápido por el foro)*

Escena III
Serafina y Segunda.

Serafina: ¡Qué par de sinvergüenzas! ¡Quedé boba! ¡Vaya desengañu! ¿Pa esto estaba yo deseando que viniera Simón de Calahorra? Somos tontes de remate. Yo, que tanta pena me daba cuando Marina me contaba lo que yos pasaba por allá... Yo, que tanto luché y hasta pedí a Manuel que no los dejara cesantes... Yo, que cuando los echó, pedí que los admitiera otra vez. *(Sale Segunda)* Yo...

Segunda: ¿Tú?

Serafina: Yo, sí señora, yo.

Segunda: ¡Cuánto me alegro! Porque vendrás a ver a Marina, ¿verdá?

Serafina: Sí señora, a eso vengo; y a entretenela un poco.

Segunda: ¡Pobre fía! Qué cambiada está desde aquel día.

Serafina: ¿Ye verdá que marcha Manuel?

Segunda: Eso dicen.

Serafina: ¿Por qué marcha?

Segunda: Por los negocios. Diz don Bartolo que van mal y que no i queda más remediu que marchar.

Serafina: Van acabar con ella. Esi señor no debiera ser tan duru.

Segunda: En eso estoy contigo. Por ser duru va p'abajo.

Serafina: Y Timoteo, ¿qué diz?

Segunda: Echando pestes siempre por aquella boca. ¡Está insufrible, está inaguantable!

Serafina: ¿Ónde está?

Segunda: ¿Timoteo? Por ahí leyendo. Quier entrenase pa, el día que tenga que reñir con Manuel, largai un mitín.

Serafina: Volviendo a la marcha de Manuel, no creo en ella.

Segunda: ¿En la marcha? ¿En que te fundes, muyer?

Serafina: Verá… el otru día venía con el mi hermanu del teatro, y vímoslu estar haciendoi la rosca, por frente la ventana…

Segunda: ¿Pa que estaría?

Serafina: Como Marina tenía la costumbre de hablar con él por la ventana, a esa hora estaría a la expectativa, por si ella se asomaba. (¡Qué embustera soy!)

Segunda: ¿Dijistei eso a Marina?

Serafina: No me acordé.

Segunda: ¿No te acordaste? ¡Marina, Marina!

Serafina: ¡Calle, no la llame!

Segunda: ¿Qué no la llame? ¡Tú no estás buena!

Serafina: Digoilo porque voi a vela yo. ¿Ónde está?

Segunda: En la habitación. No sal de allí. Anda, vete.

Serafina: (Voi a contailo, y de pasu a decii lo de Simón) *(Mutis segundo izquierda)*

Escena IV

Segunda y Timoteo.

Segunda: ¡Probe fía! Yo voi volando a... *(Sale Timoteo)*

Timoteo: Tú dirás volando, pero guarda fuerces pa cuando les necesites, porque, en vez de volar, vas a salir pitando.

Segunda: ¡Madre! ¿Por qué?

Timoteo: Tenía ganes de hablate a soles.

Segunda: ¿Vas a declarate?

Timoteo: Voi a decite cuatro verdaes que, delante de la tu fía y otres persones, no puedo decir.

Segunda: No sé por qué te pones así. ¿Faltéte? No. ¿No hago lo que quies desde el día aquel? ¿Cuándo dijiste que cantabes tú, no te hice casu? ¿No te limpio les botes, no te afeito, no te corto al pelo?

Timoteo: Tomarásmelu, que no ye igual.

Segunda: ¿Qué quies decir, Timoteo?

Timoteo: Eso sabeslo tú bien.

Segunda: ¿Yo?

Timoteo: ¿Puedes decime que tien esa rapaza, que desde fai unos días no come ni sal a paseo?

Segunda: Estará mala.

Timoteo: ¿A que la dejó el mozu? Cuando yo decía que mejor seguía con Primo, que era el que la quería [de] verdá.

Segunda: ¿Esti no la quier? ¿Dijotelo a ti?

Timoteo: Supongolo yo, ná más.

Segunda: Pues no debes suponer ná. Un hombre que ronda la ventana de una muyer, ¡está chalau perdíu!

Timoteo: ¿Rondar? ¡Que va a querer esi a la tu fía!

Segunda: ¡Y a la tuya!

Timoteo: De eso no se sabe ná.

Segunda: ¡Qué cara más dura! Entonces, ¿crees que esi hombre no quier a Marina?

Timoteo: ¡No!

Segunda: ¿Pa que i fai la rosca?

Timoteo: ¡Pa comela! Además, ¿vistelu tú andar por ahí?

Segunda: Fue Serafina, cuando venía del teatro.

Timoteo: Esa no ve una burra a dos pasos.

Segunda: Pues hoy viote a ti y estabes bien lejos.

Timoteo: ¡Segunda, menos chirigota!

Segunda: Lo que es, monín.

Timoteo: ¿Otru insultu?

Segunda: ¡Dios me libre! Oye, cuando tú y yo cortejábamos, ¿cuántes veces te enfadabes a la hora?

Timoteo: Unes sesenta.

Segunda: Eso quier decir que tocabes a enfadu por minutu, ¿verdá?

Timoteo: Sí.

Segunda: ¿Ahora no estás casau?

Timoteo: ¡No!

Segunda: ¡Eh! ¿Qué dices, qué no? Mira que voi al cura de la parroquia, Timoteo.

Timoteo: Quiero decir que, cuando eso pasaba entre nosotros, tú no te poníes así como se pon Marina.

Segunda: Tenía callu de aguantate. Y, además en mis tiempos no i dábamos importancia. ¡Había hombres a pares!

Timoteo: Y ahora, ¿no los hay?

Segunda: Ni con caldil ves uno.

Timoteo: Pues la madre de Primo anda loca buscando una moza pa el su fíu. ¿Cómo no encuentra esa media naranja?

Segunda: Qué se yo. Habrán hecho un Orange con ella.

Timoteo: Pero, eses siete a que tocamos, ¿ónde están?

Segunda: ¿Siete? ¡Pa ti solu un harén! Conque también quier ser tobilleru, ¿eh?

Timoteo: ¡Grande que ye uno!

Segunda: No presumas, anda, que no puedes con los pantalones. Lo mejor que haces a la tu edá ye seguir leyendo.

Timoteo: Pero ahora marcho.

Segunda: ¿Marchar? ¡Cá! Está esperándote alguna, ¿eh?

Timoteo: ¡Celos!

Segunda: ¡Tango!

Timoteo: Si voi por los boliches, muyer, ¿no ves que están haciendo falta?

Segunda: Eso iba a facer yo cuando me paraste antes. ¡Qué sustu me diste!

Timoteo: ¿Sustu? ¡Quién te va asustar con esa cara!

Segunda: ¿Ya empieces? Mira que marcho.

Timoteo: A las tres.

Segunda: A las tres, no; ahora. (¡No puedo con él!) *(Mutis primero izquierda)*

Timoteo: Tenía ganes que me dejases solu, ¡gurriona! Voi llevai un par de pesetines del caxón. *(Las coge)* Ahora a comprar el libru que vi ayer en la 'Escolar'. ¡Vaya libru! ¡Que de ser esi…! ¿Cómo se llamaba? ¡Ah, sí…! "La manera de echar les muyeres de casa, sin compromisu ninguno". Voi por él. ¡Esi sí que me convién! *(Mutis foro)*

Escena V

Serafina y Marina.

Serafina: No seas tonta que ye verdá.

Marina: Pues no lo creo.

Serafina: ¡Júrotelo! Y de lo otro, déjalo de mi cuenta.

Marina: Pero sin comprometeme, ¿eh? Porque cuando te vas de la lengua…

Serafina: Ahora no me convien hablar. Yo hágote eso pa que tu me traigas hacia mí a Simón.

Marina: Intereses creados, ¿verdá?

Serafina: Muyer.

Marina: Además, ya sabes que Simón declaróseme, y no debe estar apropiao que yo ahora haga eso. Pero si te empeñes…

Serafina: Que poco conoces tú a Simón. Esi declárase siempre a les que no quier. Yo, como lu traigo locu, no se atreve a decime ná. Antes

77

estuvo aquí con Pepinillo, y no puedes suponete los ojos que me echaba.

Marina: Bueno, ya veremos. Lo principal ahora ye eso. Pero mucha mano izquierda, ¿eh?

Serafina: Ya sabes tú cómo les gasto yo cuando quiero. ¿Tú crees que puedo vete sufrir de esta manera, sabiendo que esi hombre está por ti?

Marina: ¡Dudo!

Serafina: Entonces, ¿por qué se pasea frente la ventana?

Marina: Tomará el fresco.

Serafina: ¿El fresco? ¡Qué lu traes mochalís! ¡Esa ye la razón! Nada, nada… Yo arreglo esto y tú lo otro. ¿Estamos?

Marina: Pero yo no te lo garantizo, ¿eh?

Serafina: Está por mí, no temas. ¡Éxito seguro, como en les comedies!

Marina: Pa ti ye too color de rosa… pero ten cuidao con les espines. ¡Si supiera lo que sufre una, queriendo! ¡Pobre Primín, cuánto habrá sufrido!

Serafina: Y sufrirá. Todavía te acuerdes de él, ¿eh?

Marina: Fue muy buenu conmigo. ¿La gratitud no val ná?

Serafina: Por ella, si te falla uno, agarreste al otru. Oye, ¿ónde estará ahora Manuel?

Marina: En la oficina. Pero ten cautela, no vaya a salir el reverso de la medalla.

Serafina: ¿Qué quies decir con eso?

Marina: Que, en vez de cruz a lo mejor ye cara.

Serafina: Ye igual. ¿Tú ónde me esperes si lu encuentro?

Marina: Por ahí dentro.

Serafina: ¿Cómo te aviso?

Marina: Con una señal.

Serafina: ¿Toseré?

Marina: Eso está muy gastao.

Serafina: ¿Qué hago entonces?

Marina: Dices miel al vino.

Serafina: ¿No ye mejor que diga vinagre?

Marina: Miel, muyer, que Manuel ye de la Alcarría.

Serafina: Tienes razón… miel al vino. Hasta luego. (Yo traer, traigulu. ¡Aunque sea en cachos!) *(Mutis foro)*

Marina: Ahora a estar prepará, por si acasu. ¡Dios mío, que lu encuentre! *(Mutis segundo izquierda. Quedará la escena sola breves momentos, y aparecerá Urbano por la derecha)*

Escena VI
Urbano solo.

Urbano: *(Asomando la cabeza)* ¡Oooííísss! Está bien esta entradina por los comedores, así el cabu no me ve entrar y no emballo la calá. Parez que no está nadie, nadie; nadie entra en esti bar. ¿Cómo no va a tronar? Llamaré. ¡Ah del mostrador! ¡Ah del mostrador! Qué cosa más rara, no vien nadie. Otras veces con sólo decir oooííísss estaba aquí tou el mundo, si mundo se puede llamar a la gente que dentro estos muros se cobija. ¡Qué párrafo, salióme redondu! Bien ye verdá que desde haz unes semanas, ando yo con la mosca tras de la oreja, pues ahora como el que manda ye Timoteo. ¡Suéltalo más mal! Antes don Urbano p'aquí, don Urbano p'allí. Y el otru día soltóme Segunda: "Usted, no vien aquí más que de gorra, Urbano". "Señora, —y repliqué— sepa que, aunque guardia, tengo mi carrera; soy tenedor de libros." "¿Y qué tien que ver eso, pa que no venga de gorra aquí?" —me dijo. "¡Pero, doña Segunda! ¿Usted vio algún tenedor que no sea cubiertu?" Y entrando de la calle en aquellos mismísimos instantes, Timoteo, dizme: "Cubiertu o sin cubrir, aquí hay que apoquinar." Así que era una copa de caña la que me daban antes, y ahora ye la copa del olvido. Pero hoy véngome, que tengo dos pesetes falses, y ¡vive Dios que les paso! Vendré más tarde, cuando esté Marina aquí. Estos días anda bobalicá, no sabe lo que haz. ¡Ah del mostrador! ¡Vaya pufu! Voy hacer otra ronda. *(Mutis por donde entró)*

Escena VII
Timoteo.

Timoteo: *(Viene leyendo un libro)* Ya lo hice tó. Encargué los boliches, compré esti libru... ¡Vaya libru! Díjome el libreru que llevaba una

80

cosa grande, que se conocía que era intelectual. Tien cuarenta y ocho artículos, que son cuarenta y ocho joyes de arte a la humanidad. Artículo doce: "Si por no poder encender la cocina, la muyer riñe, lo mejor ye dai catorce piñes." Con esti artículo no estoy conforme, lo mejor era dai con un pino. Y vamos más derechos al asuntu. Artículo 32. Esti consta de ocho apartaos. ¡Vaya corrida toros! Esti tampoco me gusta, soy antiflamenquista. A ver esti, el 33. "La muyer siempre te llevará la contraria hasta la primera marcha, la segunda, la tendrás a tu favor, y a la tercera, a la tercera, ¡larga!, seguro. ¡Esti está formidable! Ahora tengo que guardalu. ¿Ónde lu guardaré? Debajo del mi colchón, así por la noche puedo leelu y entrename con les almohaes. *(Iniciando)* "Todo marido que duerma fuera de casa es un califa." ¡Y yo voi a ser un sultán! *(Mutis segundo izquierda)*

Escena VIII
Serafina, Manuel; luego Marina.

Serafina: *(Por el foro)* Pues a ella contáronilo.
Manuel: Fantasías, Serafina. Embustes de gente que gozan viendo sufrir a los demás. No es cierto, no me voy. De irme, ella antes que nadie sabría tal noticia.

81

Serafina: Eso dijeilo yo; pero la probe está tan enamorá que, hasta dudó de mis palabres. (¡Miel al vino!)

Manuel: ¿Y dices que estuvo enferma?

Serafina: Sí; pero ya está mejor. ¿Quies que la llame?

Manuel: No, espera.

Serafina: ¿Esperar? ¿Por qué? (¡Miel al vino!)

Manuel: Puede estar por ahí alguno de su familia.

Serafina: Si ye por eso no temas, estoy segura que nadie nos va a estorbar.

Manuel: ¿Pero segura?

Serafina: Segurísima. (¿Ónde estará que no me oye?)

Manuel: Llámala.

Serafina: (¡Estaba deseándolo!) ¡Marina, Marina!

Manuel: No des tantas voces, mujer, que lo van a oír hasta en la calle.

Serafina: Ye igual. Pero mírala, ahí vien. *(Sale)*

Marina: Manuel.

Manuel: Marina.

Serafina: (¡Ya están frente a frente!)

Marina: ¿Quién me llamó?

Serafina: Pareces boba, yo.

Marina: ¿Qué quies?

Serafina: Manuel que quier hablate.

Manuel: ¿Yo?

Serafina: Tú, bien me lo dijiste antes, cuando te encontré por casualidá: "Serafina, ¿sabes si está Marina en casa. Quiero hablar con ella." Yo díjete que sí, y viniste conmigo.

Manuel: (¡Qué embustera!)

Serafina: Conque, ¿puedes oílu, Marina?

Marina: Tú dirás…

Serafina: Y como el undécimo ye no estorbar, yo aquí estoy de más. Adiós. *(Mutis)*

Escena IX

Marina y Manuel.

Manuel: *(Pausa larga)* Ya sé que estuviste enferma.

Marina: ¿Sí?

Manuel: Lo siento mucho.

Marina: Bueno.

Manuel: Me enteré por Serafina.

Marina: Está bien.

Manuel: Me lo ha dicho hace breves momentos.

Marina: Me alegro.

Manuel: ¿Fue mucho?

Marina: Nada.

Manuel: ¿Entonces esa palidez?

Marina: ¿Esta palidez? Con les coses que tú haces, ponse pálida cualquiera.

Manuel: ¿Qué cosas?

Marina: El no venir en tou esti tiempu.

Manuel: ¡Bah!

Marina: Fueron siglos pa mí. ¡Cómo se conoz que sabes lo que ye esperar!

Manuel: No.

Marina: Pero lo peor no ye eso.

Manuel: ¡Me asustas! ¿Qué es?

Marina: Dicen que marches.

Manuel: No lo creas, cosas del vulgo.

Marina: ¡Ay, Manuel, Manuel, dicen que te vas!

Manuel: No seas tonta, mujer, te lo hubiera dicho. ¿Por qué guardártelo?

Marina: ¿De veres, Manuel?

Manuel: Verdad, Marina. ¡Palabra!

Marina: ¡Ay, qué pesu me quitaste de encima!

Manuel: No quiero pensar los comentarios que habrá hecho tu madre.

Marina: ¿Comentarios? Ninguno, también ella fue joven. No sabes les coses que cuenta mi madre de mi padre. ¡Ibes a reíte más!

Manuel: Es muy graciosa doña Segunda.

Marina: ¿Tienes algo que hacer ahora?

Manuel: Nada. ¿Por qué?

Marina: ¿Quies que vayamos a dar una vuelta?

Manuel: *(Contrariado)* Como quieras.

Marina: Pues aguarda un poco; voi arreglame.

Manuel: Pero no tardes.

Marina: Hágolo en un momento. (¡Qué feliz soy!) *(Mutis sgundo izquierda)*

Escena X
Manuel solo.

Manuel: Pues sí que me he lucido. ¡Esta condenada de Serafina! Imposible luchar con ella; me trajo a rastras. Pero seré fuerte, no dejaré labrar en mi dinero la pasión que por él siente la madre de Marina. Me iré. En virtud de la ley que Segunda empleó conmigo, obraré yo con su

84

hija. Me acomodaré en lugar correspondiente, y crearé una posesión holgada a mi deber, compromiso que tengo que satisfacer a quien estoy obligado. Lo siento por Marina. ¡Es buena! Hasta creo que la quiero. *(Pausa)* ¿Dudo? No, no debo dudar. ¡Seré fuerte! Adiós todo esto, que es algo mío. Sí, adiós. ¡Qué caro pagan los inocentes hijos las culpas de sus padres *(Mutis foro)*

Escena XI
Marina; luego Urbano.

Marina: *(Quedará la escena breves momentos sola, y sale Marina)* ¿Tardé? ¡Si no hay nadie! ¿Habrá marchao? ¿Qué i pasaría? Se conoz que, como otres veces, tardé tanto en arreglame… Fue hasta la fonda a algún recao. Esperarélo. *(Entra Urbano)*

Urbano: ¡Ooooííísss! ¿Estás sola? (¡Esta ye la ocasion!) ¿Estás sola? ¿No tien contestación? ¡Qué raro que una muyer no hable!

Marina: ¿Quier dejame en paz?

Urbano: ¿Estás enfadá?

Marina: Usted perdone; pero ye que me pasa cada cosa.

Urbano: ¿Con don Manuel?

Marina: Sí; con él.

85

Urbano: Pues a él también i pasa algo. Encontrélu allá arriba. Iba como una moto, de rápidu, y hablaba solu.

Marina: ¿Hablaba solu? ¿Qué decía?

Urbano: Iba diciendo: ¡Segunda tien la culpa!

Marina: ¿Decía Segunda, oyólo bien?

Urbano: Como te estoy viendo a ti. *(Marina llora)* Pero, ¿qué tienes, muyer? No te apures, que más coses que me pasaron a mí con el padre del adminículo, no les pases tú. ¡Hasta voi a dejar de ser guardia!

Marina: ¡Madre! ¿Por qué?

Urbano: Porque con esti uniforme no gana uno pa sustos y congojes. Pasóme haz poco un casu, que arrugóseme el corazón ¡Quedóme igual que un mosquitu!

Marina: ¿Qué i pasó?

Urbano: (Preparé el terreno.) Estaba yo haciendo la última ronda, pa venir a tomar la pocera como toos los días, cuando veo un desgraciaín tou mojau.

Marina: ¿Llovió?

Urbano: (¡Va a llover!) ¿Qué si llovió? ¡Mucho!

Marina: Ahora me entero. Pero siga, no corte el hilo.

Urbano: Era un rapazacu, tou mojau, que pedía limosna. Yo, como está prohibido, pues cumplo muy bien les ordenances municipales, doi el alto, y párolu en seco.

Marina: ¿Y quién era?

Urbano: ¡Ten paciencia, muyer! Total, no ye de aquí.

Marina: ¿De ónde ye entonces? ¿Tien padre?

Urbano: Sí; pero en Madrí.

Marina: ¿En Madrí? ¿Cómo de tan lejos?

Urbano: Por una historia. ¡Vaya historia que me largó! Era un folletón.

Marina: Otru como el mi hermanu, que marchó haz dos años y no supimos más de él.

Urbano: Como vais a saber de él, si salía a paliza cotidiana.

Marina: Ya podía escribir.

Urbano: Pa que i pegaseis por carta.

Marina: Menudu sinvergüenza está hechu. Cuando marcho, llevoi a mi madre diez duros.

Urbano: Eren pal viaje. Ahora que del tu hermanu a esti hay mucha diferiencia. El de Madrí, llevoi a la familia tou el patrimoniu.

Marina: ¿Qué ye eso?

Urbano: A dereches no lo sé; pero figúraseme que ye dejar sin camisa a toa la familia. El padre era carpinteru, había madera, y el fíu, que era un hacha, ¡cataplum, vendióyosla! Con ésta ye la segunda vez que marcha de casa.

Marina: ¿Dos veces que se escapa? ¿Qué hizo la primera?

Urbano: Ventilar el patrimonio, hasta que un día principió a recordar la cama paterna y, aguijoneau por la imagen del cocido, plantóse en su casa.

Marina: ¡Vaya paliza que i largaríen!

Urbano: Ninguna, pues recibieronlu con los brazos abiertos, lavaronlu con lejía, y, cuando estaba limpiu y aseau, sentáronlu a la mesa, y comió como un sabañón.

Marina: ¿De veres?

Urbano: ¡Oooííísss, verdá!

Marina: Esos son padres.

Urbano: ¿Y no haríen los tuyos eso?

Marina: Si el mi hermanu se presenta en esta casa, jueguen al dominó con la dentadura suya. ¡Tienen i una rabia! ¡Bah, yo nunca lo vi! ¡No sé por qué!

Urbano: Esti chaval hizo mal [en] volver a les andaes, marchando otra vez de casa. Ahora vino a esti pueblu, onde lu detuve yo hoy, y está en chirola pa delvolvelu a los padres, que no te quiero decir la polvorea que armarán, cuando él llegue allá. (¡Cuánta coba pa pasar les pesetes!) *(Pausa)*

Marina: *(Suspirando)* ¡Ay, Dios mío! *(Llora)*

Urbano: (¡Mi madre, enternecióse!) ¿Por qué llores?

Marina: ¿Por qué lloro?

Urbano: No ye pa tanto.

Marina: Ye que Manuel no vien. Marchó y dejóme esperándolu. ¿Habrá dejaome?

Urbano: Que te va a dejar, muyer... ¡Aceleraste por poco! Estoy seguru que fue a la fonda.

Marina: ¿Iría a mudase?

Urbano: ¿Quier cambiar de posada?

Marina: No, a poner otra ropa.

Urbano: ¡Ah! Oye, ahora que hables de ropa, y ya que el tu hermanu no está aquí... ¿Quies haceme un favor?

Marina: Usté dirá.

Urbano: Que, como don Manuel tien tantos trajinos, a ver si i saques uno pa mí. Dicesi que ye pa echar remiendo a un pantalón de tu padre.

Marina: Bueno, diréilo, ¿no quier tomar nada?

Urbano: Sí, sírveme; que quiero hacer una ronda.

Marina: ¿A quién va a convidar?

Urbano: ¿Convidar? A nadie, estoy más agotau que Romanones.

Marina: ¿Qué i pongo?

Urbano: Como siempre, un café.

Marina: ¿No quier copa?

Urbano: Puedes traela. *(Le sirve)* (Total no me va a costar ná.)

Marina: Ahí tien el café.

Urbano: ¿Estará fríu?

Marina: Usted sueña.

Urbano: ¿No lu tenéis express?

Marina: No; pero ye mejor esti. Ahí tien la copa.

Urbano: Está bien, ahora cobra. Toma, dos pesetes en una pieza.

Marina: ¡Qué mala cara tienen!

Urbano: Estarán purgaes.

Marina: *(Sonándolas)* ¡Qué mal suenen!

Urbano: Crees que ye un piano.

Marina: ¡Son falses!

Urbano: ¿Falses?

Marina: Sí.

Urbano: ¿Les dos?

Marina: Claro que les dos; tienen hoja.

Urbano: Esperaré que yos caiga. Y como no traigo más dineru, debotelo. (¡Qué mal me salió!) ¿Quién me daría estes pesetes? De asustau que estoy, ya no veo.

Marina: ¿Está malu de la vista?

Urbano: No puedo ver al caseru cuando me cobra los recibos.

Segunda: *(Dentro)* ¡Marina, Marina! ¿Ónde estás?

Marina: En el bar, con Urbano.

Segunda: *(Dentro)* ¿Hay alguno más?

Marina: No.

Segunda: Como esi ye de confianza, puedes venir ayudame a doblar estes sábanes.

Marina: Voi. Hasta luego, Urbano. *(Mutis primero izquierda)*

Urbano: Adiós. Oooííísss, luego dicen que está abobalicá. Si llega a estar lista no me sirve ni la copa ni el café. Voi a dar otra vuelta por el distritu y, de pasu, a ver si veo a la madre de Primo pa combiname con ella. *(Se pone a salir por el foro y dará la vuelta)* ¡San Benito, si está allí el cabu! ¡Qué colorau está! ¡Debe estar enfadau por culpa de la manifestación que van hacer! Pues no quiero que me vea. Saldré por aquí. A esi cabu apágolu yo, ¡tarará! *(Mutis por la derecha)*

Escena XII
Bartolo, Segunda, Marina; luego Timoteo.

Bartolo: *(Por el foro)* ¡Que uno tenga que hacer estos papeles! Parece mentira de don Manuel. Ya podía ser un poco más sensato. Mandarme traer esta carta a Marina, que sabe Dios la noticia que le traerá. Estoy por no entregársela. Mejor será dejarla encima del mostrador. ¿Se la entregaré a ella en sus manos? No, la dejaré aquí. *(Va a ponerla encima del mostrador, y sale Segunda por el primero izquierda)*

Segunda: ¡Hola, don Bartolo!

Bartolo: (¡Que contrariedad!)

Segunda: ¿Qué cuenta de bueno?

Bartolo: Muy poco, doña Segunda.

Segunda: ¡Pero, hombre de Dios! ¿Cómo ye tan aprensivu?

Bartolo: El caso es que la maldad de ahora no me atañe a mí.

Segunda: ¡Asustóme! ¿Por quién ye entonces?

Bartolo: Por ustedes.

Segunda: ¿En que se enfota?

Bartolo: En esta carta que me ha entregado don Manuel para que se la dé a Marina.

Segunda: ¿Una carta? ¿Y por eso se preocupa? Debe ser pa que lu perdone. Siempre fue muy finu.

Bartolo: Hace poco estuvo don Manuel aquí.

Segunda: ¿Vio a Marina?

Bartolo: Y hasta se hablaron.

Segunda: ¿Cómo no me dijo nada la mi fía?

Bartolo: Ella sabrá.

Segunda: ¡Y tanto que sabrá! ¡Marina, Marina!

Marina: *(Dentro)* Señora.

Segunda: Sal un momento.

Marina: Voi.

Segunda: Ahora saldremos de dudes. *(Sale Marina)* ¿Ye verdá que estuvo Manuel aquí?

Marina: Estuvo.

Segunda: ¿Hablastéis?

Marina: Hablemos.

Segunda: ¡Hablamos!

Marina: Entonces, ¿pa qué me lo pregunta?

Segunda: ¿Reñisteis?

Marina: Si reñir llama dejar a una plantá.

Segunda: ¿Plantóte? Ahora amismo voi yo a velu. ¡Va tener que oíme!

Bartolo: Lo más acertado es que Marina lea la carta.

Segunda: Ye verdá. Bartolo trai una carta pa ti.

Marina: ¡A ver, a ver! *(Sale Timoteo, segundo izquierda)*

Segunda: Léela, pero sin acelerate.

Marina: ¡¡Ay, ay!!

Timoteo: ¿Qué gritos son esos?

Segunda: Está cantando soleares, ¿por qué?

Marina: ¡Madre no se ría, que esto ye muy serio!

Segunda: Entós, ¿qué pasa?

Marina: Que me diz que marcha.

Segunda: ¿Qué marcha? ¡Vete pa la estación ahora mismo!

Bartolo: No, no vaya usted. No tiene derecho a ello.

Timoteo: Pero, ¿qué gaita toca Bartolo? ¿Y por qué no la deja ir?

Segunda: Antes era el primeru en apoyalos.

Bartolo: Sí señora, los apoyaba por creer que don Manuel obraba de buena fe. Pero…

Timoteo: ¿Que peru ye esi?

Bartolo: Qué don Manuel es casado.

Segunda: ¿Casau? ¡Quítame esti hombre [de] delante, que lu mato! ¡Envidiosu!

Marina: ¡Madre!

Timoteo: ¡Don Bartolo, por los clavos de Cristo!

Bartolo: Señor Timoteo, le digo la verdad, palabra de caballero.

Timoteo: ¡De sinvergüenza!

Marina: ¡Ay, era casau!

Segunda: ¡Marina, yo parto!

Marina: ¿Parte? ¿También quiere marchar, madre?

Segunda: Digo que parto, pero ye que me troncho.

Timoteo: (Ésta leyó el mi libru.) El que se va a tronchar ye esi, con les bofetaes que i voi a dar.

Segunda: ¡Timoteo!

Marina: ¡Padre! Por Dios, don Bartolo, marche, que usted no tien la culpa de ná de esto, y va a pagalo tó.

Segunda: ¿Pero, Timoteo, quies matanos los pocos parroquianos que nos queden? Estate quietu.

Timoteo: *(Empezando a tirar cosas)* ¡Vayan al cuernu los parroquianos, el bar, les botelles…

Segunda: Don Bartolo, largue.

Bartolo: No lo diga usted dos veces. *(Mutis)*

Escena XIII
Dichos, Urbano con Primo; luego Conrada.

Timoteo: ¿Que te paez ahora? ¡Vaya ridículu!

Segunda: Perdóname, Timoteín. Perdóname, fía.

Marina: No puedo más. *(Se desmaya en brazos de Timoteo)*

Timoteo: ¡Desmayóse! Trai algo pa animala.

Segunda: ¿Qué traigo?

Timoteo: Agua, vino, un palillu, la cañería del gas.

Segunda: ¿La cañería del gas? ¡Tú quies matala!

Timoteo: No sé lo que digo.

Segunda: Siéntala, será mejor. Tomando un poco el fresco junto a la ventana, pasai. ¡Pobre fía! *(La sientan y en este momento entra Urbano con Primo, que vienen hechos una lástima)*

Urbano: ¡Marina, Marina, un lío!

Timoteo: Otru más.

Primo: ¡Órdago!

Segunda: ¿Venís disfrazaos?

Timoteo: ¡Cómo vienen!

Segunda: ¡Si ye Primín y Urbano!

Timoteo: ¿Quién vos puso así?

Urbano: Los de asalto.

Segunda: ¿Los de asalto? ¿Por qué?

Urbano: Que lo cuente Primo.

Primo: Que lo diga Urbano.

Timoteo: ¿Cómo?

Primo: Así… ¡Sin más!

Timoteo: Eso paez un librillu.

Segunda: Pero, ¿por qué fue, Urbano?

94

Urbano: Por culpa de una manifestación.

Timoteo: ¿De paraos?

Primo: De novios desdeñaos por un amor. ¡Llevábamos unos carteles tremendos!

Segunda: ¿Y qué decíen?

Primo: Uno: "Amores nuevos y casas nuevas."

Urbano: "Que no se repita lo de Casas Viejas."

Primo: Otru: "Queremos la verdá desnuda."

Timoteo: Esi practica el desnudismo.

Segunda: ¿Tú llevabes alguno?

Primo: Sí señora.

Segunda: ¿Y qué decía?

Primo: "Quiero un amor puro. Puro de a quince."

Timoteo: Eso ye una tagarnina.

Urbano: Y otru: "Yo un mazu."

Timoteo: Era un obreru parau. Pedía un mazu pa que i diesen un picachón.

Urbano: Y claro, lo que tenía que pasar, pasó. Lleguen los guardias de asalto, y empezaron a repartir hule.

Segunda: ¿Pero a usted como i pegaron, siendo guardia?

Urbano: Por culpa de Primo. Quise cogelu pa separalu de la masa y... *(En este momento despertó Marina)*

Marina: ¿Ónde estamos?

Timoteo: En la manifestación.

Primo: ¿Qué tien?

Segunda: Está desmayada.

Urbano: ¿Qué i pasó?

Segunda: (¡Qué yos digo!)

Timoteo: (Qué fue por culpa de ellos.)

Segunda: Desmayóse al veros entrar de esa facha.

Primo: ¡Probina, creyó que nos pasaba algo!

Urbano: (Calla, muchacho.)

Primo: (Ya no me acordaba.)

Marina: ¿Ónde estamos?

Segunda: En casa, muyer. ¿Ónde quies estar?

Marina: *(Viendo a Primo)* Con Primo.

Todos: ¡Con Primo!

Primo: ¡Mucho me quier!

Marina: Veo visiones.

Segunda: ¿Qué ves?

Marina: A Primo y a Urbano.

Timoteo: A esos también los veo yo.

Marina: Y a Conrada.

Segunda: A esa no la ves tú. *(Entra Conrada aceleradamente)*

Conrada: ¡Ay, ay, por Dios, una silla!

Segunda: Timoteo, una silla pa doña Conrada.

Conrada: Gracies a Dios que llegué.

Timoteo: ¿Vien de la manifestación?

Conrada: ¡Non!

Primo: ¿Qué i pasa, madre?

Conrada: Por culpa tuya, Primín. Gracies, Urbano, por lo que hizo. Contaronmelo tó en la plaza. Y menos mal que vos dio por entrar aquí.

Primo: Y que sustu daríamos, que hasta se desmayó Marina.

Conrada: ¿Ye verdá eso, neña?

Marina: Sí señora.

Conrada: ¡Ay, ay, gracies, gracies!

Timoteo: ¿De qué?

Conrada: De lo que hicieron por el mi rapaz.

Segunda: (Cógeme, Timoteo, que me da un mal. Hasta nos da les gracies. Esto arréglase.)

Timoteo: (No pierdas el sentíu, ¿eh?)

Urbano: Yo estoy todavía asustadísimu.

Primo: Y yo, y yo.

Conrada: Pero, ¿ustedes no se dieron cuenta de lo que hicieron por el mi Primín? Si no hubiera habido esta entrada aquí, ¿ónde se hubieran metío?

Timoteo: En el portal de a lao.

Marina: No lu hay, padre.

Segunda: Está visto que esa puerta hízose pa esi rapaz.

Urbano: (¡Qué lagartona!)

Marina: Tien razón, doña Conrada, ye de agradecer. Ya sabe que a esta casa puede venir Primo cuando guste y como guste.

Primo: Gracies.

Segunda: Ahora fuera penes.

Primo: ¡Qué buena ye Marina!

Urbano: De eso doi yo fe, porque Marina siempre me habló bien del su neñu.

Segunda: Siempre lu apreció mucho. ¿Qué fue? ¿Qué riñeron? Eso ya pasó.

Conrada: Anda fíu, vete con ella.

Primo: ¿A ónde?

Conrada: Hablar.

Urbano: (Paez idiota.)

Primo: A lo mejor no me quier.

Segunda: Como no te va a querer, si estaba deseando que vinieres por aquí.

Timoteo: ¡Vinieses!

Segunda: Ye igual *(Se va Primo junto a Marina, y hablan bajo. Segunda y Timoteo hacen lo propio)*

Conrada: (Gracies, Urbano, por tó lo que hizo.)

Urbano: (Ya sabe lo convenido por el trucu.)

Conrada: (¿No puede rebajar ná de les dos mil?)

Urbano: (Precio fiju. Porque al convenime con usted pa hacer la jugarreta, por ná cuelgo el cocido.)

Conrada: (Ya sabe que i dije que lo tenía tó arreglao, pa que no i pasara ná.)

Primo: Esto ya está arreglao.

Segunda: Pronto fue.

Timoteo: Marina tien muy buen carácter.

Marina: Cuando se quier, tó se arregla en seguida.

Urbano: ¿Y yo no merezco ná?

Timoteo: Marina, dai una copa.

Segunda: Eso ye poco, merez más.

Primo: Claro que lo merez. Como mi madre tien tanta influencia, puede ascendelu.

Urbano: ¿A qué?

Conrada: A cabu.

Urbano: ¡Mi madre! ¿A qué?

Segunda: ¡A cabu!

Timoteo: Sí hombre, sí. A cabu; y si te abulta poco, a vela también.

TELÓN

www.ingramcontent.com/pod-product-compliance
Lightning Source LLC
Chambersburg PA
CBHW071628140626

46555CB00021B/1255